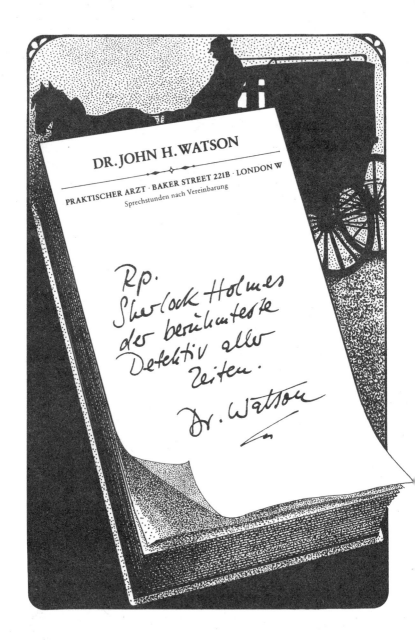

Arthur Conan Doyle

Sherlock Holmes
Der Vampir

Nach dem englischen Original neu erzählt
von W. K. Weidert

Franckh'sche Verlagshandlung
Stuttgart

Nach dem englischen Original neu erzählt von W. K. Weidert

Schutzumschlag von Aiga Rasch

CIP-Kurztitelaufnahme der Deutschen Bibliothek

Doyle, Arthur Conan:
Sherlock Holmes, Der Vampir / Arthur Conan Doyle.
Nach d. engl. Orig. neu erzählt von W. K.
Weidert. – Stuttgart : Franckh, 1985.
ISBN 3-440-05490-X
NE: Weidert, Werner K. [Bearb.]

Franckh'sche Verlagshandlung, W. Keller & Co., Stuttgart / 1985
Alle Rechte, insbesondere das Recht der Vervielfältigung, Verbreitung und Übersetzung, vorbehalten. Kein Teil des Werkes darf in irgendeiner Form (durch Fotokopie, Mikrofilm oder ein anderes Verfahren) ohne schriftliche Genehmigung des Verlages reproduziert oder unter Verwendung elektronischer Systeme verarbeitet, vervielfältigt oder verbreitet werden.
© 1985, Franckh'sche Verlagshandlung, W. Keller & Co., Stuttgart
ISBN 3-440-05490-X / L 9sl H ha
Printed in Czechoslovakia / Imprimé en Tchécoslovaquie
Satz: G. Müller, Heilbronn
Gesamtherstellung durch Artia, Prag

Sherlock Holmes
Der Vampir

Zwei wichtige Herren stellen sich vor   7

Der Vampir   9
(The Sussex Vampire)

Das Haus bei den Blutbuchen   30
(The Copper Beeches)

Der blaue Karfunkel   57
(The Blue Carbuncle)

Die fünf Orangenkerne   81
(The Five Orange Pips)

Der Mann, der auf allen vieren lief   102
(The Creeping Man)

Zwei wichtige Herren stellen sich vor

Baker Street 221B ist eine Adresse, die man in ganz London – nein überall in England –, ach was, in ganz Europa kennt. Warum? Nein! Nicht weil von hier aus England regiert wird. Das passiert in der Downing Street. In der Baker Street wird nicht über das Schicksal von Völkern entschieden. Aber über das Schicksal von Menschen! Hier wohnt Sherlock Holmes, der berühmte Detektiv.
Seine Hilfe suchen und finden viele. Er gewährt sie gern, denn es reizt ihn, seinen scharfen Verstand gegen das Verbrechen in jeder Form einzusetzen, gleich ob es sich um Diebstahl, Erpressung, Mord, Entführung oder anderes handelt, was sich Verbrecher zum Schaden ihrer Mitmenschen ausdenken. Und je intelligenter der Verbrecher, desto eifriger ist Holmes bei der Sache. Es sind die schwierigen Aufgaben, die ihn besonders reizen. Die Natur und eigener Fleiß haben ihn dafür mit besonderen Talenten ausgestattet: messerscharfem, analytischem Verstand, ausgezeichnetem Gedächtnis, außergewöhnlicher Beobachtungsgabe, feinstem Einfühlungsvermögen, Kombinationsfähigkeit, Liebe zum Detail, Zähigkeit, Mut und Kaltblütigkeit, Verschwiegenheit, ausgezeichneten Kenntnissen in Chemie und anderen praktischen Naturwissenschaften.
Sherlock Holmes liebt die Musik, spielt selbst Violine, ist ein unermüdlicher Arbeiter, kann aber auch ganze Tage mit Nichtstun verbringen. Er macht nicht viel Wesens von seinen Erfolgen und sagt

immer: »Ich vollbringe keine Wunder, ich denke nach!« Wäre da nicht Dr. John H. Watson, der auf Grund einer Kriegsverletzung frühzeitig pensionierte Militärarzt, wir wüßten wohl nur das wenige, was damals die Zeitungen über die im folgenden geschilderten Fälle erwähnten. So aber hat Dr. Watson getreulich alles, was er an der Seite seines Freundes erlebte, aufgeschrieben.
Die beiden wohnen übrigens auch zusammen, in der Baker Street 221B. Das geht gut, denn ihre Temperamente ergänzen sich. Getroffen haben sie sich zufällig – bei der Wohnungssuche. Aus der Wohngemeinschaft ist inzwischen eine echte und tiefe Freundschaft geworden. Sherlock Holmes und Dr. Watson können sich aufeinander verlassen. Holmes meckert zwar gelegentlich über die angeblich zu »fantasievolle« Berichterstattung seines Freundes. Im Grunde aber fühlt er sich geschmeichelt durch Watsons bewundernde Begeisterung. Auch weiß er, daß nicht nur seine Leistungen, sondern auch Watsons Darstellungskunst ihn als Detektiv so bekannt gemacht haben.
Man muß zugeben, daß Watson es wirklich versteht, die Aufgaben zu schildern, vor die sich der Meisterdetektiv gestellt sieht. Einfach sind sie nicht: Wieso bietet der ewig lächelnde Gentleman der alleinstehenden Erzieherin mehr als das Doppelte des üblichen Gehalts? Warum verunglücken nacheinander drei Männer einer Familie, kurz nachdem sie mit der Post fünf Orangenkerne geschickt bekommen haben? Warum wird eine junge hübsche Frau von einem Tag zum anderen zum Vampir und trinkt das Blut des eigenen Kindes? Hat es etwas zu bedeuten, daß Schäferhund Roy plötzlich seinen Herrn anfällt? Wie kommt ein hochkarätiger Diamant in eine Weihnachtsgans?

Der Vampir

Nach der Aufmerksamkeit zu urteilen, mit der Holmes den Brief, der gerade gekommen war, studierte, mußte er Außergewöhnliches enthalten. Nachdem er ihn gelesen hatte, schwang er sich zu einem trockenen Kichern auf – für ihn Ausdruck höchster Heiterkeit.
»Diese Mischung von Mittelalter und Moderne, von Tatsache und wildester Phantasie ist wirklich einmalig. Ich bin gespannt, was Sie davon halten, Watson.«
Er reichte mir den Brief. Ich las:

Old Jewry 46, 19. November

Betr.: Vampire
Sehr geehrter Mr. Holmes!
Einer unserer Klienten, Robert Ferguson, von der Firma Ferguson & Muirhead, Teeimport, Mincing Lane, hat uns um eine Zusammenstellung aller bekannten Daten über Vampire gebeten. Dieser Auftrag fällt jedoch in keinster Weise in unseren Geschäftsbereich, die Steuerveranlagung von Maschinen, und wir haben Mr. Ferguson an Sie verwiesen, ist uns doch Ihre erfolgreiche Tätigkeit im Falle der Matilda Briggs noch in bester Erinnerung.

Morrison, Morrison & Dodd
Ihr sehr ergebener E. J. C.

Als ich das Blatt sinken ließ, sagte Holmes: »Matilda Briggs ist nicht, wie Sie vielleicht glauben, der Name einer Frau. So hieß das Schiff in dem Fall mit der Riesenratte von Sumatra, eine Geschichte, für die die Welt noch nicht reif ist. Doch zurück zu den Vampiren, wobei ich mich frage, ob ich dafür überhaupt zuständig bin. Aber sich mit Vampiren zu befassen ist immer noch besser, als gar nichts tun. Nur geraten wir für meinen Geschmack ein bißchen zu sehr in das Märchenreich der Brüder Grimm. Langen Sie mal hinter sich, Watson, wollen doch mal sehen, was wir unter V wie Vampire finden.«

Ich gab ihm sogleich den gewünschten Band seiner Aufzeichnungen. Holmes nahm das gewichtige Werk, bettete es auf seinen Schoß und fing an, darin zu blättern. Er nahm sich viel Zeit. Genießerisch wanderten seine Augen über die Aufzeichnungen von abgeschlossenen Fällen, untermischt mit Notizen aller Art, der Quintessenz seines lebenslangen Sammelns von Informationen. Schließlich rief er befriedigt: »Ah, hier haben wir's. Gutes altes Verzeichnis, du enttäuschst mich doch nie. Vampirismus in Ungarn und noch einmal, Vampire in Transsylvanien.«

Rasch überflog er die Notizen und legte dann das Buch mit dem ärgerlichen Ausruf beiseite: »Quatsch, Watson, alles Quatsch. Was soll ich mit wandelnden Leichen, die nur im Grab bleiben, wenn man ihnen einen hölzernen Pfahl durchs Herz treibt. Das ist doch völliger Blödsinn!«

»Aber«, entgegnete ich, »auch lebendige Menschen können Vampire sein. Ich habe gelesen, daß manchmal alte Menschen jungen Menschen das Blut aussaugen, um selbst wieder jung zu werden.«

»Ja, ich weiß, Watson. Die Geschichte steht natürlich auch in meinen Notizen. Aber Sie werden doch wohl nicht erwarten, daß ich solche Hirngespinste ernst nehme? Ich stehe mit beiden Beinen auf dem Boden der Tatsachen, und so soll es auch bleiben. Die Welt ist bunt genug, auch ohne Geister. Ich fürchte, wir werden Mr. Robert Ferguson kaum behilflich sein können. Aber da ist ja noch ein zweiter Brief. Vielleicht ist es schon das angekündigte Schreiben Fergusons, und wir erfahren gleich Näheres über seinen seltsamen Wunsch.«

Während er den zweiten Brief las, der bis dahin unbeachtet auf dem Tisch gelegen hatte, wich sein amüsiertes Lächeln gespannter Aufmerksamkeit. Als er fertig war, ließ er das Blatt nachdenklich sinken. Dann, nach einem Weilchen, gab er sich sichtlich einen Ruck und kehrte wieder in die Gegenwart zurück.
»Cheesemans in Lamberley. Haben Sie eine Ahnung, wo dieses Lamberley liegt, Watson?«
»In Sussex, südlich von Horsham.«
»Gar nicht so weit weg. Und Cheesemans?«
»Ich kenne die Gegend dort ein bißchen, Holmes. Sie ist gespickt mit alten Häusern, die heute noch die Namen ihrer Erbauer tragen. Da gibt es Odleys, Harveys, Carritons usw. Die Menschen sind schon lange vergessen. Doch ihre Namen leben in ihren Häusern weiter.«
»Das genügt«, sagte Holmes kurz.
Solche Bemerkungen waren typisch für den selbstbewußten und verschlossenen Meisterdetektiv, zu dessen Eigentümlichkeiten es gehörte, daß er Informationen sofort aufnahm und jederzeit griffbereit speicherte, aber es für die selbstverständlichste Sache der Welt hielt, daß man ihm diese Informationen gab. Auf einen Dank zu warten war vergebliche Liebesmühe.
»Es sieht so aus, als sollten wir sehr bald einiges mehr über dieses Cheesemans in Lamberley erfahren. Der Brief ist tatsächlich von Robert Ferguson. Er kennt Sie übrigens.«
»Was, mich?«
»Ja! Aber lesen Sie selber.«
Er gab mir den Brief, und ich las:

Sehr geehrter Mr. Holmes!
Meine Steuerberater haben mir empfohlen, mich an Sie zu wenden. Die Angelegenheit, um die es geht, ist äußerst delikater Natur und läßt sich kaum in Worte fassen. Sie betrifft einen Freund, der mich um Vermittlung gebeten hat. Dieser Freund heiratete

vor fünf Jahren eine Peruanerin, Tochter eines Kaufmanns, den er im Zusammenhang mit dem Import von Nitraten kennengelernt hatte. Die Frau ist eine Schönheit. Allerdings führen ihre Religion und Herkunft immer wieder zu Unstimmigkeiten zwischen den Eheleuten. Es kam zu einer Entfremdung, und inzwischen ist mein Freund soweit, daß er die Heirat für einen Fehler hält. Er mußte dazuhin leider an seiner Frau Charakterzüge feststellen, für die er keinerlei Verständnis aufbringen und die er sich nicht erklären kann. Verschlimmert wird die Sache noch dadurch, daß seine Frau ihn so liebt, wie ein Mann sich das nur wünschen kann – jedenfalls sprechen alle Anzeichen für eine tiefe, bedingungslose Zuneigung.

Ich komme nun zu dem Punkt, über den ich Sie noch eingehender unterrichten werde, wenn wir uns treffen. Dieser Brief soll Sie ja nur allgemein ins Bild setzen, damit Sie entscheiden können, ob Sie sich mit der Angelegenheit überhaupt befassen wollen. Die Frau meines Freundes legte urplötzlich ein Verhalten an den Tag, das völlig konträr zu ihrer bisherigen Freundlichkeit und Sanftheit war. Sie ist übrigens seine zweite Frau; er hat aus der ersten Ehe einen 15jährigen Sohn, einen sehr lieben und zärtlichen Jungen, der leider durch einen Unfall als Kind behindert ist. Diesen armen Jungen hat sie zweimal völlig grundlos geschlagen. Einmal sogar mit dem Stock, so heftig, daß er eine deutliche Strieme auf dem Arm davontrug.

Damit nicht genug, noch schlimmer verhält sie sich gegenüber dem eigenen Kind, einem Knaben von noch nicht einmal einem Jahr. Es war vor etwa einem Monat. Die Kinderfrau hatte ihren Schutzbefohlenen für wenige Minuten allein gelassen. Da hörte sie einen lauten Schmerzensschrei des Kindes. Sie lief ins Kinderzimmer und sah, wie sich ihre Herrin über das Baby beugte und es in den Hals biß. Bei ihrem Eintritt fuhr ihre Herrin hoch, und die Kinderfrau sah eine kleine Wunde am Hals des Kindes, aus der ein schmaler Blutfaden rann. Natürlich war die Kinderfrau

fürchterlich erschrocken und wollte den Ehemann holen. Aber ihre Herrin bat sie flehentlich, das nicht zu tun und gab ihr fünf Pfund, damit sie den Vorfall verschweige. Warum, sagte sie nicht. Jedenfalls war die Sache damit fürs erste erledigt.
Der Kinderfrau allerdings hatte sich der Vorfall unauslöschlich eingeprägt. Von da an hielt sie ein wachsames Auge auf ihre Herrin und das Baby, das sie zärtlich liebt. Bald gewann sie den Eindruck, daß auch die Mutter des Kindes sie scharf im Auge behielt. Die Mutter wartete nur darauf, daß sie das Kind allein ließ, um zu ihm zu gehen. Tag und Nacht behütete die Kinderfrau das Baby, und Tag und Nacht schien seine Mutter stumm und aufmerksam auf der Lauer zu liegen, so wie der Wolf einem Lamm auflauert. Das mag, so wie es hier auf dem Papier steht, völlig unglaubhaft klingen. Aber ich beschwöre Sie, nehmen Sie meine Worte ernst: Das Leben eines Kindes und der Verstand eines Mannes hängen davon ab.
Schließlich kam der schreckliche Tag, da die Geschehnisse nicht länger vor dem Ehemann verborgen blieben. Die Kinderfrau hielt die Spannung nicht mehr aus und erzählte alles. Meinem Freund erschien die Geschichte so phantastisch wie Ihnen, da Sie sie jetzt lesen. Seine Frau liebte ihn und war, ausgenommen ihren Gewalttätigkeiten gegen den Stiefsohn, auch eine gute Mutter. Sie konnte unmöglich ihr eigenes Kind verletzt haben. Er sagte der Kinderschwester, daß sie die Geschichte geträumt haben müsse, daß nur eine Verrückte einen solchen Verdacht äußern könne und daß er weitere Verleumdungen seiner Frau nicht dulden werde. Noch während er ihr den Kopf zurechtsetzte, hörte man einen Schmerzensschrei im Kinderzimmer. Die beiden liefen so schnell sie konnten zum Baby und sahen die Frau meines Freundes neben dem Bettchen des Kindes knien. Beim Eintritt des Ehemanns fuhr sie hoch, und er sah Blut am Nacken des Kindes und auf dem Kissen. Vielleicht können Sie sich, Mr. Holmes, die Gefühle meines Freundes bei diesem Anblick vorstellen. Er lief zu seiner Frau,

drehte ihr Gesicht zum Licht und sah entsetzt, daß ihre Lippen blutverschmiert waren. Sie hatte, das ist absolut sicher, das Blut ihres Kindes getrunken.
So also stehen die Dinge. Sie hat sich seitdem in ihrem Zimmer eingeschlossen. Eine Erklärung gab sie nicht. Mein Freund aber ist völlig verzweifelt und halb wahnsinnig vor Sorge um sein Kind. Für meinen Freund und für mich ist Vampirismus nicht mehr als ein Name. Wir hielten derartiges bisher für phantastische Geschichten aus entlegenen Gebieten unseres Erdballs. Daß mitten in England, in Sussex... Nun, darüber sollten wir persönlich sprechen. Darf ich Sie aufsuchen? Darf ich darauf hoffen, daß Sie mit all Ihrem enormen Können und Ihren Fähigkeiten einem völlig verzweifelten Mann helfen? Wenn ja, schicken Sie mir ein Telegramm. Ich bin dann morgen um zehn Uhr bei Ihnen.

Ihr sehr ergebener
Robert Ferguson

PS: Wenn ich mich recht erinnere, war Ihr Freund Watson bei der Rugbymannschaft von Blackheath, als ich bei der von Richmond war. Eine andere persönliche Referenz kann ich leider nicht geben.

»Aber natürlich, ich erinnere mich.« Ich legte den Brief beiseite. »Der lange Bob Ferguson, der beste Drei-Viertel-Spieler, den Richmond je hatte, und stets zu einer Gefälligkeit bereit. Es sieht ihm ähnlich, daß er sich so für einen Freund einsetzt.«
Holmes sah mich an und sagte mit einem Kopfschütteln: »Ich weiß noch immer nicht, wo Ihre Grenzen liegen, Watson. Und ich entdecke immer wieder neue Fähigkeiten an Ihnen. Tun Sie mir doch bitte den Gefallen und geben ein Telegramm auf: ›Übernehme Ihren Fall mit Vergnügen.‹«
»Ihren Fall?«
»Mr. Ferguson soll doch nicht glauben, daß er es mit einem Ein-

faltspinsel zu tun hat. Natürlich ist er selbst der Betroffene. Schicken Sie ihm das Telegramm. Alles andere findet sich morgen.«
Pünktlich um zehn Uhr am folgenden Vormittag war Ferguson da. Ich hatte ihn als langen, schmalen Burschen mit baumelnden Armen und schnellem Antritt in Erinnerung, einen Burschen, der die gegnerischen Verteidiger immer wieder überlief. Es war ein Schock für mich, dieses Wrack des einstigen Modellathleten wiederzusehen. Die einst so große Gestalt wirkte zusammengesunken, das ehemals volle, flachsblonde Haar war schütter geworden, die Schultern hingen. Der Eindruck, den ich auf ihn machte, dürfte, fürchte ich, ähnlich verheerend gewesen sein.
»Hallo, Watson!« Seine Stimme hatte noch den tiefen Klang und die Wärme von damals. »Du siehst auch nicht mehr aus wie der Bursche, den ich damals im Old-Deer-Park über die Seile ins Publikum beförderte. Auch ich bin nicht mehr der alte, war ja auch nicht zu erwarten. Aber richtig alt gemacht haben mich erst die letzten Tage. Hat ja keinen Zweck, Ihnen was vorzumachen, Mr. Holmes, wie ich aus Ihrem Telegramm sehe.«
»Man tut sich leichter im Umgang miteinander«, antwortete Holmes.
»Das ist richtig. Aber vielleicht können Sie sich vorstellen, wie schwer es einem fällt, solche Dinge von der eigenen Frau berichten zu müssen, jener Frau, die man beschützen und der man helfen sollte. Aber was blieb mir anderes übrig? Hätte ich vielleicht zur Polizei gehen sollen? Andererseits, da sind die Kinder, sie müssen geschützt werden. Ist es Wahnsinn, Mr. Holmes? Liegt so etwas im Blut? Kennen Sie einen ähnlichen Fall aus Ihrer Praxis? Ich flehe Sie an, geben Sie mir um Himmels willen einen Rat, denn ich weiß nicht mehr ein noch aus.«
»Den sollen Sie haben, Mr. Ferguson. Aber jetzt setzen Sie sich erst einmal, fassen sich und beantworten mir ein paar Fragen so klar wie möglich. Ich kann Ihnen versichern, daß ich in Ihrem Fall durchaus nicht am Ende meiner Weisheit bin. Zunächst einmal sagen Sie mir,

was Sie unternommen haben. Hat Ihre Frau weiterhin Zutritt zu den Kindern?«
»Es war ganz schrecklich. Meine Frau ist sehr leidenschaftlich, Mr. Holmes. Wenn je eine Frau einen Mann aus ganzer Seele und mit ganzem Herzen geliebt hat, dann sie mich. Es traf sie bis ins Mark, als ich ihr gräßliches und unvorstellbares Geheimnis entdeckte. Sie brachte kein Wort heraus. Ihre einzige Antwort auf meine Vorwürfe war ein wilder, verzweifelter Blick. Dann stürzte sie in ihr Zimmer und schloß sich ein. Seitdem weigert sie sich, mich zu sehen. Das Essen bringt ihr Dolores, ihr Mädchen noch aus der Zeit vor ihrer Heirat. Dolores ist mehr eine Freundin als eine Dienerin meiner Frau.«
»Dann besteht also keine unmittelbare Gefahr für das Kind?«
»Mrs. Mason, die Kinderfrau, hat geschworen, daß sie es Tag und Nacht keine Minute aus den Augen läßt. Ihr kann ich voll vertrauen. Mich bekümmert mehr mein armer kleiner Jack. Ich schrieb Ihnen ja, daß sie ihn zweimal geschlagen hat.«
»Hat sie ihn dabei ernsthaft verletzt?«
»Das nicht. Aber sie schlug ihn sehr heftig, was ich um so schlimmer finde, als er ein armer Krüppel ist.« Fergusons bitteres Gesicht wurde weich, als er von seinem Jungen sprach. »Man sollte glauben, daß der Junge alle Herzen rührt. Ein Sturz als Kind, wovon eine Rückgratverkrümmung zurückblieb. Aber in diesem armen Körper finden Sie das beste Herz.«
Holmes überflog noch einmal Fergusons Brief und fragte dann: »Wer wohnt sonst noch in Ihrem Haus, Mr. Ferguson?«
»Zwei Diener, die erst seit kurzem bei uns sind, und Michael, der Stallbursche. Er schläft im Haus. Dann natürlich noch meine Frau, ich, mein Sohn Jack, das Baby, Dolores und Mrs. Mason. Das sind alle.«
»Ich nehme an, daß Sie Ihre Frau erst kurz vor der Heirat kennengelernt haben?«
»Ein paar Wochen vorher.«

»Und wie lange war diese Dolores als Mädchen bei Ihrer Frau?«
»Mehrere Jahre.«
»Dann dürfte Dolores Ihre Frau um einiges besser kennen als Sie?«
»Das könnte sein.«
Holmes machte sich eine Notiz und sagte dann: »Ich sehe schon, ich muß selbst nach Lamberley. Dieser Fall verlangt absolute Nachforschungen an Ort und Stelle. Da Ihre Frau das Zimmer nicht verläßt, werden wir sie auch nicht stören, und sie kann sich nicht belästigt fühlen. Wir übernachten natürlich im Gasthaus.«
Ferguson war erleichtert, man merkte es deutlich.
»Das habe ich gehofft, Mr. Holmes. Es gibt eine ausgezeichnete Verbindung um zwei Uhr mittags vom Viktoria-Bahnhof. Den Zug könnten wir nehmen.«
»Das machen wir, Mr. Ferguson. Hier ist im Moment nicht viel los. So kann ich mich ganz Ihren Angelegenheiten widmen. Watson kommt natürlich auch mit. Doch bevor wir uns auf den Weg machen, sollte ich über ein paar Dinge Klarheit haben. Ihre arme Frau hat sich also an beiden Kindern vergriffen, am eigenen und an Ihrem Sohn?«
»Genau.«
»Aber nicht in gleicher Weise. Ihren Sohn jedenfalls hat sie geschlagen?«
»Einmal mit dem Stock und das andere Mal mit der Hand.«
»Hat sie Ihnen gesagt, warum?«
»Nein. Sie hat nur gesagt, daß sie ihn haßt. Und sie hat das mehrfach wiederholt.«
»Nun, derartiges ist bei Stiefmüttern so ungewöhnlich nicht. Dahinter steckt meist Eifersucht. Neigt Ihre Frau zur Eifersucht?«
»Und wie! Ihre Eifersucht ist ebenso heftig wie ihre Liebe.«
»Wie steht's mit dem Knaben? Er ist immerhin schon 15 Jahre alt und wenn schon nicht körperlich, so doch sicher geistig normal entwickelt. Was hat er Ihnen denn gesagt, weshalb er die Schläge bekam?«

»Nichts. Er sagte, sie hätte ihn grundlos gezüchtigt.«
»War das Verhältnis zwischen Ihrer Frau und Ihrem Sohn schon immer gespannt?«
»Sie haben sich nie geliebt.«
»Obwohl er doch ein so guter Junge ist, wie Sie sagen?«
»Ich könnte mir keinen besseren Sohn wünschen. Mein Leben ist sein Leben. Alles, was ich sage oder tue, ist für ihn das Evangelium.«
Wieder notierte Holmes etwas. Dann saß er längere Zeit schweigend da und überlegte. Schließlich kam die nächste Frage: »Sicher waren Sie und der Junge vor Ihrer zweiten Heirat gute Kameraden. Ich könnte mir vorstellen, daß Sie viel zusammen waren, nicht wahr?«
»Stimmt genau.«
»Der Junge hing sehr an seiner Mutter und kann sie nicht vergessen.«
»Das kann man wohl sagen.«
»Ein interessantes Menschenkind. Noch einmal zurück zu den Handgreiflichkeiten gegen Ihren Sohn. Fielen die Verletzungen des Babys und die Züchtigung des Jungen durch Ihre Frau zeitlich zusammen?«
»Nur beim ersten Mal. Es schien, als sei sie wahnsinnig geworden und ihr Wahnsinn erstrecke sich auf beide Kinder. Beim zweiten Mal mußte nur Jack leiden. Dem Baby geschah laut Mrs. Mason nichts.«
»Das kompliziert die Angelegenheit.«
»Wie meinen Sie das, Mr. Holmes?«
»Schon gut. Wissen Sie, ich entwickle gelegentlich so meine Theorien, und die Zeit oder genauere Kenntnisse sorgen dann dafür, daß sie zerplatzen wie Seifenblasen. Eine schlechte Angewohnheit, ich gebe es zu, Mr. Ferguson, aber der Mensch ist nun mal schwach. Wissen Sie, mein Freund hier pflegt nämlich bei der Schilderung meiner wissenschaftlichen Arbeitsmethoden etwas dick aufzutra-

gen. Immerhin kann ich beim jetzigen Stand der Dinge schon sagen, daß mir Ihr Fall keineswegs unlösbar erscheint. Wir treffen uns also dann um zwei Uhr am Viktoria-Bahnhof.«

Der neblig trübe Novembertag neigte sich schon seinem Ende zu, als wir – das Gepäck war in Lamberley im Chequers geblieben – auf einem langen, gewundenen, lehmigen, von Hecken gesäumten Weg durch Sussex rollten. Fergusons Heimstatt erwies sich als alleinstehendes altes Bauernhaus. Es war ein großes, breit hingestrecktes Gebäude mit einem sehr alten Mittelteil und sehr neuen Flügeln, hochaufragenden Tudor-Schornsteinen über einem steilen Dach, dessen Ziegel von Flechten gesprenkelt waren. Zur Haustür führten ausgetretene Stufen, der Windfang war mit Keramikplatten ausgekleidet, die das Wappen des Hauserbauers zeigten: einen Mann und einen Käse. Drinnen, im Haus, furchten schwere Eichenbalken die Decke, und die löcherigen Böden waren total schief. Das ganze baufällige Gebäude roch nach Alter und Verfall.
Die Mitte des Hauses nahm ein einziger, sehr großer Raum ein. Dorthin führte uns Ferguson. Im altertümlichen Kamin loderte prasselnd und funkensprühend ein prächtiges Feuer. Die Eisenplatte hinter dem Kaminrost trug die Jahreszahl 1670. Ich schaute mich um. Der riesige Raum war eine einmalige Mischung von Alt und Neu und gefüllt mit von überall her zusammengetragenen Gegenständen. Die bis in halbe Höhe reichende Holztäfelung der Wände mochte wohl noch aus der Zeit des Freibauern stammen, der im 17. Jahrhundert das Haus gebaut hatte. Daran hing eine Reihe geschmackvoller moderner Aquarelle. Die lichtgelb gekalkte Wandfläche über der Täfelung füllten diverse Waffen und andere Gegenstände, die aus Südamerika stammten. Sie waren sicher von Fergusons zweiter Frau aus Peru mitgebracht worden. Holmes, dessen wacher Verstand stets an allem interessiert war, sah sich die Sammlung aufmerksam an. Als er sich uns wieder zuwandte, schien er recht nachdenklich.

»Hoppla!« sagte er, »was haben wir denn da?«
In der Ecke stand ein Korb. Der Spaniel darin stieg gerade heraus, um zu seinem Herrn zu laufen. Er bewegte sich sehr mühsam, denn er konnte die Hinterpfoten kaum gebrauchen. Schließlich erreichte er Ferguson und leckte ihm die Hand. Der fragte:
»Was meinten Sie, Mr. Holmes?«
»Ich bezog mich auf den Hund. Was fehlt ihm eigentlich?«
»Der Tierarzt weiß es nicht genau. Er vermutet eine Lähmung, hervorgerufen wahrscheinlich durch eine Rückenmarkentzündung. Aber es geht ihm schon wieder besser. Mein Carlo wird bald wieder springen können, nicht wahr?« Er tätschelte dem Hund den Kopf. Der Spaniel versuchte vergeblich, mit dem Schwanz zu wedeln. Mit traurigem Blick schaute er uns an. Er wußte genau, daß wir von ihm sprachen.
»Kam die Krankheit plötzlich?«
»Über Nacht.«
»Wann war das?«
»Etwa vor vier Monaten.«
»Sieh da, das ist recht aufschlußreich.«
»Glauben Sie, daß es irgendeine Bedeutung hat?«
»Es bestätigt meine Theorie.«
»Um Himmels willen, Mr. Holmes. Sie müssen mir sagen, was Sie denken. Das alles mag ja für Sie nicht mehr sein als ein Spiel, eine Herausforderung Ihrer geistigen Fähigkeiten. Aber für mich geht es um Leben und Tod. Meine Frau eine potentielle Mörderin, mein Kind in Lebensgefahr. Spielen Sie nicht mit mir, Mr. Holmes, begreifen Sie, die Angelegenheit ist tödlich ernst.«
Der große Mann hatte sich so in seine Erregung hineingesteigert, daß er am ganzen Körper zitterte. Holmes legte ihm beruhigend die Hand auf den Arm und sagte: »Ich fürchte, daß ich Ihnen, wie auch immer die Sache ausgeht, Kummer nicht ersparen kann. Doch ich verspreche Ihnen, daß Sie nicht mehr als nötig leiden sollen. Das ist alles, was ich im Moment sagen kann. Doch hoffe ich, ein gutes

Stückchen weiter zu sein, wenn ich dieses Haus wieder verlasse.«
»Das gebe der Himmel. Bitte entschuldigen Sie mich, meine Herren, ich will nur schnell schauen, wie es oben bei meiner Frau steht.«
Während der wenigen Minuten, die er fort war, nahm Holmes sein Studium der Andenkensammlung an der Wand wieder auf. Ferguson kam zurück mit einem großen, schlanken, dunkelhäutigen Mädchen. Die düstere Miene unseres Gastgebers verriet, daß er nichts erreicht hatte.
»Dolores, der Tee ist fertig«, sagte er zu dem Mädchen. »Sieh zu, daß Deine Herrin alles bekommt, was sie möchte.«
»Sie krank«, rief das Mädchen und blitzte ihren Herrn empört an. »Sie nicht fragen nach Essen. Sie sehr krank, brauchen Doktor. Ich haben Angst, sei'n allein mit ihr ohne Doktor.«
Ferguson schaute mich fragend an.
»Ich helfe selbstverständlich gerne, wenn ich kann.«
»Glaubst du, daß deine Herrin Dr. Watson empfängt?«
»Er kommen einfach mit. Ich gar nicht fragen. Sie brauchen Doktor.«
»Dann gehen wir am besten gleich.«
Ich folgte dem sichtlich erregten Mädchen die Treppe hinauf in einen altertümlichen Flur. Seinen Abschluß bildete eine eisenbeschlagene massive Tür. Sollte sich Ferguson je mit Gewalt den Zugang zum Zimmer seiner Frau erzwingen wollen, würde er kein leichtes Spiel haben, überlegte ich bedrückt. Das Mädchen zog einen Schlüssel aus der Tasche. Die schwere eichene Tür schwang kreischend auf. Ich trat ein, gefolgt von Dolores, die rasch die Tür hinter sich schloß.
Die Frau im Bett hatte hohes Fieber. Sie schien gar nicht ganz bei Bewußtsein. Als sie mich sah, weiteten sich ihre hübschen Augen vor Schreck. Dann erkannte sie in mir einen Fremden und sank mit einem Seufzer der Erleichterung ins Kissen zurück. Ich trat mit einigen beruhigenden Worten an ihr Bett. Ohne Widerstreben ließ sie

mich die Temperatur messen und den Puls fühlen. Beide waren stark erhöht. Allerdings, wie ich den Eindruck hatte, nicht auf Grund einer körperlichen Beeinträchtigung, sondern wohl eher durch seelische Erregung.

»Sie so seit zwei Tagen. Ich haben Angst, sie sterben«, sagte das Mädchen.

Die Frau im Bett drehte den Kopf zu mir. Das hübsche Gesicht glühte.

»Wo ist mein Mann?«

»Er ist unten und würde Sie gerne sehen.«

»Ich will nicht, ich will ihn nicht sehen.«

Dann schien sie wieder in den Fieberwahn zu gleiten:

»Fort, fort du Teufel. Mein Gott, was soll ich bloß tun?«

»Kann ich Ihnen nicht helfen?«

»Mir kann niemand helfen. Es ist aus. Alles ist verloren. Was ich auch tue, alles ist verloren.«

Die Frau litt ganz offensichtlich unter heftigen Wahnvorstellungen. Der gute alte Robert Ferguson war ja nun wirklich alles andere als ein Teufel.

So sagte ich: »Gnädige Frau, Ihr Mann liebt Sie von ganzem Herzen und leidet sehr unter Ihrer Zurückweisung.«

Sie schlug die strahlenden Augen auf und sah mich an: »Ja, er liebt mich. Doch liebe nicht auch ich ihn? Liebe ich ihn nicht so sehr, daß ich mich selbst opfere, nur damit nicht sein Herz bricht. Das ist meine Liebe. Wie kann er dann so von mir denken, so von mir sprechen?«

»Er ist völlig verzweifelt. Aber er kann Ihr Verhalten einfach nicht verstehen.«

»Nein, er kann mich nicht verstehen. Aber er sollte mir vertrauen.«

»Warum sprechen Sie dann nicht mit ihm?« schlug ich vor.

»Nein, nein! Ich kann die schrecklichen Worte nicht vergessen. Und wie er mich ansah. Ich will ihn nicht sehen. Gehen Sie bitte. Sie können mir nicht helfen. Sagen Sie ihm nur eins: Ich will mein Kind.

Ich habe ein Recht auf mein Kind. Das ist alles, was ich ihm zu sagen habe.«

Sie drehte das Gesicht zur Wand und schwieg.

Ich ging wieder hinunter ins Zimmer, zurück zu Ferguson und Holmes, die vor dem Kamin saßen. Ferguson hörte sich traurig meinen Bericht an. Dann sagte er: »Ich kann ihr doch nicht das Kind überlassen. Wie denn, wenn sie wieder einen Anfall kriegt? Nie werde ich das Bild vergessen können, meine Frau mit blutbesudelten Lippen neben dem Baby.« Ein Schaudern überlief ihn, als er sich daran erinnerte. »Das Kind ist gut aufgehoben bei Mrs. Mason, und da bleibt es.«

Das Dienstmädchen, ein frisches Ding und das einzige Moderne im ganzen Haus, brachte Tee. Während sie ihn eingoß, ging die Tür auf, und ein Junge kam ins Zimmer. Er war ein merkwürdiger Bursche mit blassem Gesicht, blonden Haaren und flackernden, unruhig umherhuschenden hellblauen Augen. Sie blitzten freudig auf, als er seinen Vater erblickte. Er rannte auf ihn zu und warf ihm, wie ein bis über beide Ohren verliebtes Mädchen, die Arme um den Hals.

»Oh, Daddy. Ich wußte ja gar nicht, daß du schon wieder da bist, sonst wäre ich doch gleich gekommen. Oh, ich bin ja so froh.«

Ferguson löste sich leicht verlegen aus der Umarmung und sagte: »Mein lieber Junge« – er strich ihm sanft über die Flachshaare – »ich bin früher zurückgekommen, weil ich meine Freunde hier, Mr. Holmes und Dr. Watson, überreden konnte, den Abend bei uns zu verbringen.«

»Mr. Holmes, den Detektiv? Ist er das?«

»Ja, das ist er.«

Der Junge schenkte uns einen scharfen und, wie mir schien, nicht gerade freundlichen Blick.

»Mr. Ferguson«, bat Holmes, »wenn es geht, würde ich ganz gerne auch das Baby einmal sehen.«

»Geh und bitte Mrs. Mason, daß sie das Kind herbringt«, bat Ferguson den Jungen. Er entfernte sich in jenem typischen schaukelnden Gang, der mir verriet, daß mit seinem Rückgrat etwas nicht in Ordnung war. Er war gleich wieder da, und mit ihm kam eine große dürre Frau, die auf ihren Armen ein ausgesprochen hübsches Kleinkind trug, das mit seinen dunklen Augen und den blonden Haaren ideal das angelsächsische und das lateinische Element vereinigte. Ferguson nahm es und herzte und küßte es mit größter Zärtlichkeit. Dabei murmelte er: »Wie kann es nur jemand fertigbringen, dich zu verletzen?« Dabei blickte er auf die kleine, häßlich rote Stelle am Hals des Kindes.

In diesem Moment streifte mein Blick zufällig Sherlock Holmes, der ganz gespannte Aufmerksamkeit war. Sein Gesicht schien wie aus Elfenbein geschnitzt. Der Blick, der eben noch auf Vater und Kind geruht hatte, war nun zur anderen Seite des Zimmers gerichtet. Ich drehte mich um, weil ich wissen wollte, was seine Aufmerksamkeit erregt hatte. Aber offensichtlich starrte er nur zum Fenster, das die rührende Szene widerspiegelte. Warum er das tat, war mir völlig schleierhaft. Dann erschien ein Lächeln auf seinem Gesicht, und sein Blick kehrte zu Vater und Kind zurück. Schweigend stand er auf, trat zu dem Baby und studierte eingehend die Wunde, die sich schon wieder geschlossen hatte. Dann nahm er eines der vor seinem Gesicht herumfuchtelnden Fäustchen zwischen die Finger, schüttelte es und sagte: »Leb wohl, kleiner Mann. Du begannst dein Leben mit einer ungewöhnlichen Erfahrung. Schwester, ich muß Sie kurz allein sprechen.«

Beide gingen zur Seite, und Holmes sprach ein paar Minuten in ernstem Ton mit ihr. Ich verstand nur seine letzten Worte: »Sie werden bald keine Angst mehr haben müssen.«

Die Kinderfrau, allem Anschein nach eine sauertöpfische, maulfaule Person, zog sich mit dem Kind wieder zurück.

»Was halten Sie eigentlich von Mrs. Mason?« fragte Holmes.

»Sie wirkt nicht gerade einnehmend, das haben Sie gerade selbst erlebt, aber sie hat ein Herz aus Gold und ist vernarrt in das Kind.«

»Magst du sie, Jack?« wandte sich Holmes unvermittelt an den Jungen. Über das ausdrucksvolle bewegliche Gesicht des Knaben flog ein Schatten; er schüttelte den Kopf.
»Jacky ist in seiner Zuneigung ebenso heftig wie in seiner Abneigung.« Ferguson legte den Arm um seinen Jungen. »Mich mag er, zum Glück.«
Jack schmiegte sich an den Vater. Nach einem Weilchen schob ihn Ferguson sanft weg und sagte: »Jetzt lauf aber!«
Liebevoll blickte er seinem Sohn nach, bis dieser verschwunden war.
»Nun, Mr. Holmes, ich habe das Gefühl, daß ich Sie vergeblich hierher bemüht habe. Was können Sie schon tun, außer mir Ihr Mitgefühl zu bezeugen. Für Sie ist die Angelegenheit sicher ausnehmend heikel und recht verwickelt.«
Holmes lächelte amüsiert. »Heikel sicherlich. Aber daß sie verwickelt wäre, das ist mir bisher noch nicht aufgefallen. Ihre Angelegenheit zählt zu jenen typischen Fällen, wo man nur durch Nachdenken, durch geistige Arbeit weiterkommt. Und wenn dann die Ansätze, die man entwickelt hat, Punkt für Punkt von den Ereignissen bestätigt werden, dann werden Annahmen zu Tatsachen. So kann ich guten Gewissens sagen, daß der Ball im Tor ist. Ihr Fall ist gelöst. Er war es schon, um ehrlich zu sein, als wir von der Baker Street aufbrachen. Es ging nur noch darum, einige Beobachtungen anzustellen und die Bestätigung zu gewinnen.«
Ferguson schlug sich mit der großen Hand gegen die gefurchte Stirn und sagte heiser: »Um Himmels willen, Holmes, wenn Sie die Wahrheit kennen, dann lassen Sie mich nicht länger im ungewissen! Ich muß wissen, woran ich bin und was ich tun soll. Es ist mir völlig egal, wie Sie Ihre Erkenntnisse gewonnen haben, solange Sie überhaupt welche haben. Mich interessiert das Ergebnis, brennend, hören Sie!«
»Aber ja doch. Ich schulde Ihnen die Aufklärung, und Sie sollen sie auch haben. Aber Sie müssen mir schon erlauben, daß ich dabei auf

meine Weise verfahre. Watson, geht es der gnädigen Frau gut genug, daß sie uns empfangen kann?«
»Sie ist zwar krank, aber durchaus ansprechbar.«
»Sehr gut. Die Angelegenheit läßt sich nur in ihrem Beisein aufklären. Gehen wir also zu ihr.«
»Aber sie will mich doch nicht sehen!« rief Ferguson.
»O doch, sie wird schon wollen«, antwortete Holmes. Er warf ein paar Worte auf ein Blatt Papier und reichte es mir.
»Nachdem Ihnen ja der Zutritt gestattet ist, haben Sie bitte die Güte und bringen diese Nachricht der Lady.«
Ich marschierte also die Treppe hinauf und händigte das Blatt Dolores aus, die auf mein Klopfen hin vorsichtig durch den Türspalt spähte. Sekunden später ertönte im Zimmer ein lauter Schrei, in dem sich Freude und Überraschung mischten. Dolores erschien erneut an der Tür und sagte: »Will sehen, will hören, meine Lady!«
Ich rief, und Ferguson und Holmes kamen herauf. Wir traten ins Zimmer. Ferguson machte ein paar Schritte auf seine Frau zu, die sich im Bett aufgerichtet hatte. Aber sie hob abwehrend die Hand. Daraufhin sank er in einen Lehnstuhl. Holmes setzte sich neben ihn. Die Lady, die er mit einer stummen Verbeugung begrüßt hatte, verfolgte ihn mit großen staunenden Augen.
»Auf Dolores können wir wohl verzichten«, sagte der Meisterdetektiv. »Sie kann selbstverständlich auch bleiben, wenn Sie das wünschen, gnädige Frau. Nun, Mr. Ferguson, ich bin ein vielbeschäftigter Mann. Ihr Fall ist nicht mein einziger. Kommen wir also ohne lange Umschweife zur Sache. Ein rascher Schnitt macht die wenigsten Schmerzen. Es wird Sie erleichtern, wenn Sie hören, daß Ihre Gattin Sie sehr liebt und daß Sie sie sehr verkannt haben.«
Ferguson fuhr überrascht hoch: »Wenn Sie das beweisen können, Mr. Holmes, bin ich auf ewig in Ihrer Schuld.«
»Das kann ich doch nicht, ohne Ihnen weh zu tun.«
»Das ist mir gleich, wenn Sie nur den Verdacht von meiner Frau nehmen. Das ist mir wichtiger als alles andere auf der Welt.«

»Sehen Sie, ich überlegte noch in der Baker Street folgendes: An einen Vampir zu glauben war für mich absurd. Derartiges kennt die Kriminalgeschichte unseres Landes nicht. Andererseits hatte ich keinen Grund, Ihre Beobachtung anzuzweifeln. Ihre Gattin gebeugt über das Kind mit Blut auf den Lippen.«
»So war's.«
»Ist Ihnen nie der Gedanke gekommen, daß das Aussaugen von Blut noch andere Gründe haben mag? Gab es nicht sogar eine englische Königin, die Blut aus einer Wunde saugte, um das Gift darin zu entfernen?«
»Gift!«
»Ein Haus, dessen Herrin aus Südamerika kommt: Ich ahnte, daß es hier Waffen geben mußte, brauchte sie gar nicht erst hier an der Wand hängen zu sehen. Natürlich, Gift kann auch auf andere Weise beigebracht werden. Aber diese Möglichkeit schied ich von vornherein aus. Unten im Zimmer, dieser Vogelbogen und der kleine leere Köcher daneben waren nur noch eine Bestätigung dessen, was ich bereits wußte. Sollte jemand das Kind mit einem dieser Pfeile gestochen haben, die in Curare oder eine andere teuflische Substanz getaucht sind, mußte es sterben, wenn das Gift nicht sofort ausgesaugt würde.
Und nun zum Hund. Wenn jemand ein Gift anzuwenden beabsichtigt, wird er sich vorher vergewissern, ob es auch wirkt. Der Hund war neu für mich. Aber ich wußte gleich, was mit ihm passiert sein mußte. So fügte er sich zwanglos in meine Rekonstruktion der Ereignisse.
Verstehen Sie jetzt, was wirklich geschah? Ihre Gattin rechnete mit einem Angriff. Sie erlebte ihn mit und rettete das Leben des Kindes. Aber sie scheute sich, Ihnen zu erzählen, was wirklich geschehen war, denn sie wußte, wie sehr Sie Ihren Sohn lieben. Mußte sie da nicht fürchten, Ihnen das Herz zu brechen?«
»Jacky!«
»Ja, ich habe ihn beobachtet, vorhin, als Sie das Kind auf dem Schoß

hatten. Die Fensterscheibe spiegelte sein Gesicht. Soviel Eifersucht und Haß habe ich selten gesehen.«
»Mein Jacky!«
»Schauen Sie den Tatsachen ins Gesicht, Mr. Ferguson. Es ist für Sie um so schmerzlicher, als er aus einer mißgeleiteten, übersteigerten Liebe zu Ihnen und wohl auch zur toten Mutter so handelte. Hinzu kommt der Haß gegen ein gesundes und schönes Kind, das in allem so ganz sein Gegenteil ist und ihm seine eigene Behinderung doppelt bewußtmacht.«
»Mein Gott, ich kann es nicht glauben!«
»Ihre Frau wird es Ihnen bestätigen.«
Die Lady hatte schluchzend das Gesicht im Kissen vergraben. Jetzt drehte sie sich um und sah ihren Mann an.
»Wie hätte ich es dir sagen können, Bob. Der Schlag mußte dich töten. Ich konnte nur hoffen, daß du es auf andere Weise erfahren würdest und daß es dann leichter für dich wäre. Du glaubst nicht, wie froh ich war, als dieser Gentleman, der über magische Kräfte verfügen muß, mir schrieb, daß er alles wisse.«
»Ich würde Jacky ein Jahr Abwesenheit von zu Hause verordnen«, sagte Holmes und stand auf. »Nur eins ist mir noch nicht klar, gnädige Frau. Daß Sie Jack züchtigten, ist begreiflich. Auch bei einer Mutter setzt irgendwann einmal das Verständnis für die Kinder aus. Aber wie konnten Sie es wagen, das Baby die letzten beiden Tage ohne Ihren persönlichen Schutz zu lassen?«
»Ich hatte Mrs. Mason ins Vertrauen gezogen, sie wußte alles.«
»Das ist es, das habe ich mir gedacht.«
Ferguson war ans Bett getreten, hatte die zitternden Hände ausgestreckt. Er schluckte schwer.
»Ich glaube, es ist Zeit, daß wir gehen, Watson«, flüsterte mir Holmes zu. »Sie nehmen den einen Arm der allzu treuen Dolores und ich den anderen.« Als die Tür hinter uns dreien ins Schloß glitt, fügte er hinzu: »Lassen wir die beiden allein wieder miteinander ins reine kommen.«

Meine Aufzeichnungen zu dem Fall enthalten noch die Abschrift eines Briefes, Holmes' Antwort auf das Schreiben, mit dem der Fall begonnen hatte. Das Datum war der 21. November, und darin hieß es:

Betr.: Vampire
Sehr geehrte Herren!
Ich beziehe mich auf Ihr Schreiben vom 19. November und darf Ihnen mitteilen, daß ich die von Ihrem Klienten, Mr. Robert Ferguson von Ferguson & Muirhead, Teeimport, Mincing Lane, gewünschten Nachforschungen angestellt und zu einem befriedigenden Abschluß gebracht habe. Ich darf mich noch einmal für Ihre Empfehlung bedanken und verbleibe als

Ihr sehr ergebener
Sherlock Holmes

Das Haus bei den Blutbuchen

Der wahre Kunstfreund, mein lieber Watson, entdeckt hohe Kunst sehr oft gerade in ihren kleinsten und weniger bekannten Werken.« Sherlock Holmes warf die Anzeigenseiten des Daily Telegraph, mit denen er sich angelegentlich beschäftigt hatte, auf den Tisch. »Das haben Sie erfreulicherweise begriffen, und ich stelle mit Befriedigung fest, daß Sie auch meine unbedeutenderen Fälle aufzeichnen und veröffentlichen – ich sollte besser sagen ausschmükken – und nicht nur die, die Schlagzeilen gemacht haben. Es sind nämlich gerade diese alltäglichen Fälle, die meine ganz spezielle Kunst der logischen Schlußfolgerung in ihrer ganzen Vollkommenheit sichtbar machen.«
Mein Freund Holmes war wieder einmal bei seinem Lieblingsthema. Und so antwortete ich lächelnd: »Ich gebe zu, daß ich unsere Fälle gelegentlich tatsächlich etwas ›ausschmücke‹, wie Sie das nennen.«
Sherlock griff nach der Feuerzange, fischte ein Stückchen Glut aus dem Kamin und zündete seine Pfeife an. Nicht die Tonpfeife, sondern die lange aus Weichselholz, die er stets dann rauchte, wenn er in streitbarer Stimmung war.
»Es ist und bleibt Ihr Fehler, Watson, daß Sie Ihren Berichten dauernd ›Leben‹ und ›Farbe‹ geben wollen. Sie sollten sich lieber auf das wirklich Bemerkenswerte an meinen Kriminalfällen beschränken, das heißt auf jene streng logischen Überlegungen zu Ursache und Wirkung, die zu ihrer Lösung geführt haben.«
Ich verehrte meinen Freund Holmes, doch manchmal ging mir seine Selbstgefälligkeit ziemlich auf die Nerven, denn statt ›jene Überle-

gungen‹ hätte er genausogut ›meine‹ sagen können, schließlich meinte er ja doch nur sich und keinen anderen. So sagte ich ziemlich kurz angebunden: »Wollen Sie damit sagen, daß ich Ihnen in diesem Punkt nicht volle Gerechtigkeit hätte widerfahren lassen?«
»Aber Watson«, lächelte Sherlock, der wieder einmal meine geheimsten Gedanken gelesen hatte, »es geht doch nicht um meine Eitelkeit, sondern um das, was ich meine ›Kunst‹ nenne. Ihr sollten Sie Gerechtigkeit widerfahren lassen. Diese Kunst existiert auch ohne mich. Verbrechen ist etwas Alltägliches, aber logisches Denken ist etwas sehr Seltenes. Deshalb sollte mehr ihm Ihre Darstellungskunst gewidmet sein und weniger dem Verbrechen. Ihr Fehler, lieber Freund, ist, daß Sie Geschichten erzählen, statt eine Kunst zu beschreiben und Wissen zu vermitteln.«
Es war Frühling und der Morgen ziemlich kalt. So hatten wir uns an den Kamin gesetzt, in dem ein wohlig wärmendes Feuer prasselte. Vor dem Fenster wallten dicke gelbliche Nebelschwaden. Sie machten die grauen Häuser gegenüber noch düsterer, ließen ihre Fenster zu umrißlosen schwarzen Löchern verschwimmen. Das grelle Licht der Gaslampe im Zimmer ließ das weiße Tischtuch noch weißer scheinen und zauberte Glanzlichter auf Porzellan und Besteck vom Frühstück, die noch nicht abgeräumt waren. Sherlock Holmes hatte sich den ganzen Morgen in Schweigen gehüllt und von einem Stapel Zeitungen Blatt für Blatt den Anzeigenteil studiert und schließlich mißgelaunt seine fruchtlose Lektüre aufgegeben, um mir eine Vorlesung über meine literarischen Versuche zu halten.
Er paffte ein Weilchen schweigend und ins Feuer blickend vor sich hin und fuhr dann fort: »Aber eigentlich kann ich Ihnen gar nicht so sehr einen Vorwurf machen, Watson. Das Verbrechen ist so heruntergekommen, die Fälle, mit denen ich befaßt bin, sind so einfach, daß meine Kunst überhaupt nicht mehr gefordert ist. Da müssen Sie wohl Ihre Geschichten ›ausschmücken‹, damit das Publikum sie überhaupt liest. Die Zeit der großen Fälle ist vorbei. Wissen Sie, manchmal habe ich das Gefühl, daß ich nur noch gebraucht werde,

um verlorengegangene Bleistifte wiederzubeschaffen und jungen Damen, die kaum dem Pensionat entwachsen sind, gute Ratschläge zu geben. Der einzige Trost ist, daß es kaum noch schlimmer kommen kann. Lesen Sie bloß mal diesen Brief hier, den ich heute morgen bekam. Also das ist das Letzte!«
Er reichte mir ein zerknittertes Blatt. Der Brief trug das Datum vom Vortag, war am Montague-Place aufgegeben und hatte folgenden Wortlaut:

Sehr geehrter Mr. Holmes!
Ich muß unbedingt Ihren Rat haben, ob ich eine Stelle als Erzieherin annehmen soll. Ich werde Sie dieserhalben, Ihr Einverständnis vorausgesetzt, morgen um halb elf Uhr aufsuchen.
Ihre sehr ergebene Violet Hunter.

»Sie kennen die Dame?« fragte ich.
»Aber woher denn!«
»Wie spät haben wir es? Gerade halb elf Uhr.«
»Richtig!« bestätigte Holmes. »Und das wird sie wohl auch schon sein«, fuhr er in den Klang der Haustürglocke hinein fort.
»Wer weiß, vielleicht steckt mehr dahinter, als Sie glauben. Denken Sie doch einmal an das *Familienritual**. Was zunächst ein völlig unsinniges Geschwafel schien, entpuppte sich als überaus interessanter Fall, der Ihnen einigen Scharfsinn abforderte. Es könnte doch durchaus wieder so kommen.«
»Mögen Sie recht haben. Aber wir werden es gleich wissen, denn da kommt unsere junge Dame schon.«
Er hatte noch nicht ausgesprochen, da ging die Tür auf, und herein kam eine junge Frau. Sie war einfach, aber sehr geschmackvoll gekleidet. Das frische, wache Gesicht sprenkelten zahlreiche Som-

---

* Dr. Watson schildert diesen Fall in dem Sammelband *Sein erster Fall*, Franckh Verlag, Stuttgart.

mersprossen. Ihr entschlossenes Auftreten verriet die Frau, die sich allein durchschlagen mußte.

»Verzeihen Sie, wenn ich Sie belästige«, sagte sie zu Sherlock, der zu ihrer Begrüßung aufgestanden war. »Aber was ich erlebt habe, ist so seltsam, daß ich es unbedingt mit jemandem besprechen muß. Und da ich keine Eltern mehr oder andere Verwandte habe, die ich um ihren Rat bitten könnte, habe ich mir gedacht, daß Sie vielleicht so liebenswürdig sein könnten.«

»Bitte setzen Sie sich, Miß Hunter. Ich will gerne für Sie tun, was in meiner Macht steht.«

Ich merkte gleich, daß Holmes vom Auftreten seiner neuen Klientin und der Art, wie sie ihr Anliegen vorbrachte, sehr angetan war. Er schenkte ihr einen seiner prüfenden Blicke, dem keine Einzelheit entging. Dann nahm auch er wieder Platz und harrte mit halbgeschlossenen Lidern, die Ellenbogen aufgestützt und die Fingerspitzen gegeneinandergelegt ihrer Geschichte.

»Ich war fünf Jahre als Erzieherin bei der Familie von Oberst Spence Munro. Leider wurde er nach Halifax in Neuschottland abkommandiert und verließ vor zwei Monaten mit seiner Familie England. Seitdem bemühe ich mich vergeblich um eine neue Stellung. Ich habe annonciert und auf Annoncen geschrieben. Aber stets erfolglos. Allmählich gingen meine paar Ersparnisse zur Neige, und ich war mit meiner Weisheit am Ende.

Nun gibt es da in Westend eine bekannte Stellenvermittlung für Erzieherinnen. Westaways heißt sie. Ich ging jede Woche etwa einmal hin. Man muß in einem Vorraum warten, bis man zu einer Mrs. Stoper, die die Stellenvermittlung leitet, ins Büro gerufen wird. Und dann schaut Mrs. Stoper in ihrem großen Buch nach, ob sie etwas für einen hat.

Als ich in der letzten Woche wie üblich zu Mrs. Stoper ins Büro kam, war sie nicht allein. Neben ihr saß ein sagenhaft dicker und kräftiger Mann, mit einem Doppelkinn, das ihm bis zur Brust reichte. Er lächelte sehr freundlich und starrte angespannt durch seine

Brille auf die Tür, durch die die Bewerberinnen eintreten mußten. Als er mich sah, gab es ihm sichtlich einen Ruck. Er fuhr zu Mrs. Stoper herum und sagte: ›Das ist die Richtige. Eine Bessere kann ich mir gar nicht wünschen. Vortrefflich, ganz ausgezeichnet!‹ Und dabei rieb er sich die Hände. Es war richtig lustig, wie er sich freute.
›Sie suchen eine Stelle, Miß?‹ fragte er.
›Ja, Sir.‹
›Als Erzieherin?‹
›Ja, Sir.‹
›Und was möchten Sie verdienen?‹
›In meiner letzten Stelle, bei Oberst Munro, bekam ich vier Pfund im Monat.‹
›Oh, das ist ja schändlich!‹ rief er und schlug entsetzt die fetten Hände zusammen. ›Ein so armseliger Lohn steht doch in gar keinem Verhältnis zu Ihren Vorzügen und Fähigkeiten.‹
›Ich fürchte, Sie überschätzen mich‹, sagte ich. ›Etwas Französisch, Deutsch, Musik, Zeichnen…‹
›Ach was‹, unterbrach er mich, ›das ist doch ganz unwichtig. Entweder sind Sie eine Dame oder Sie sind keine. Das ist der springende Punkt. Sind Sie keine, dann haben Sie Ihren Beruf verfehlt. Sind Sie aber eine, dann wird kein echter Gentleman es wagen, Ihnen weniger als einen dreistelligen Betrag vorzuschlagen. Ich biete Ihnen 100 Pfund im Jahr.‹
Also, Mr. Holmes, ich hab' meinen Ohren nicht trauen wollen, als er das sagte. Und wahrscheinlich hat man mir das auch angesehen. Jedenfalls zog er seine Brieftasche aus der Jacke und nahm eine Banknote heraus. Damit wedelte er mir vor der Nase herum und sagte: ›Ich pflege außerdem meinen Angestellten die Hälfte des Lohnes im voraus zu geben. Besonders junge Damen haben ja immer etwas, was sie dringend brauchen, ein hübsches Kleid zum Beispiel.‹
Dabei lächelte er so breit, daß seine Augen fast hinter seinen Pausbacken verschwanden.

Ich muß ehrlich sagen, ein so reizender und fürsorglicher Herr war mir noch nie begegnet. Auch mußte ich heftig daran denken, daß ich bereits Schulden beim Kaufmann hatte. Und dann dieses einmalige Angebot. Aber irgend etwas störte mich. So versuchte ich, noch ein bißchen mehr zu erfahren, bevor ich zusagte.
›Darf ich fragen, wo Sie wohnen?‹
›In Hampshire. Reizendes ländliches Fleckchen. Heißt *Bei den Blutbuchen*, das Haus, etwa acht Kilometer hinter Winchester. Ist eine ganz reizende Gegend, meine liebe junge Dame, und ein allerliebstes altes Landhaus.‹
›Dürfte ich Sie noch fragen, welche Pflichten ich haben werde?‹
›Ein Kind nur, ein süßer kleiner Wildfang, gerade sechs Jahre alt. Sie sollten nur mal sehen, wie er die Küchenschaben mit dem Schuh totschlägt. Patsch, patsch, patsch! Im Handumdrehen hat er drei erledigt.‹
Er lehnte sich zurück und lachte schallend.
Seltsame Spiele, dachte ich bei mir. Aber sicher hatte er nur Spaß gemacht.
›Ich habe mich also nur um das Kind zu kümmern?‹ vergewisserte ich mich.
›Nun, meine liebe junge Dame. Nicht nur! Sie müssen natürlich, wie Sie sich wohl denken können, auch kleine Aufträge meiner Frau erfüllen. Immer vorausgesetzt, daß sie für eine Lady zumutbar sind. Das ist doch wohl nicht zuviel verlangt, oder?‹
›Ich werde gerne tun, was man verlangt.‹
›Sehr schön. Sehen Sie, wir haben da ein paar Wünsche, die Ihnen vielleicht ausgefallen vorkommen mögen. Nicht, daß wir etwas Unbilliges verlangen würden. Aber wir werden Sie gelegentlich bitten, ein bestimmtes Kleid zu tragen. Würden Sie das tun?‹
›Aber ja, warum nicht?‹ Ich war einigermaßen erstaunt über seine Frage.
›Und Sie hätten auch nichts dagegen, auf einem bestimmten Platz zu sitzen?‹

›Natürlich nicht.‹
›Und sich die Haare kurz schneiden zu lassen, bevor Sie zu uns kommen?‹
Er schaute mich gespannt an, die Frage schien ihm sehr wichtig zu sein.
Ich aber glaubte, nicht recht zu hören. Sie sehen ja, Mr. Holmes, daß ich, mit aller Bescheidenheit gesagt, sehr schönes langes Haar habe, von einem Kastanienbraun, wie man es selten findet. Man hat mir schon oft genug nicht glauben wollen, daß es natur ist. Es wäre doch eine Sünde, so etwas abzuschneiden. Oder nicht?
Deshalb sagte ich: ›Tut mir leid, das kommt überhaupt nicht in Frage!‹
Als er das hörte, flog ein Schatten über sein Gesicht, und er sagte: ›Leider ist gerade dieser Punkt ganz entscheidend, es ist nämlich ein ausdrücklicher Wunsch meiner Frau. Und Sie wissen ja, wie das ist, wenn sich eine Frau erst einmal etwas in den Kopf gesetzt hat. Könnten Sie sich nicht doch dazu durchringen?‹
›Nein, Sir!‹ sagte ich entschieden, ›das kommt nicht in Frage.‹
›Na schön, damit wäre dann wohl die Sache erledigt. Schade, denn Sie wären genau die Richtige für uns gewesen. So bleibt uns nichts anderes übrig als weiterzusuchen, Mrs. Stoper.‹
Die Stellenvermittlerin hatte sich während des ganzen Gesprächs mit irgendwelchen Papieren auf ihrem Schreibtisch beschäftigt. Jetzt blickte sie auf und schaute mich ganz giftig an. Offensichtlich war ihr gerade eine saftige Vermittlungsprämie durch die Lappen gegangen.
›Heißt das, daß Sie keinen Wert mehr auf meine Vermittlung legen?‹
›Ganz im Gegenteil, Mrs. Stoper. Es ist nur die Sache mit den Haaren‹, entschuldigte ich mich.
Darauf giftete sie: ›Na schön, obwohl es wenig Sinn haben dürfte, jemand vermitteln zu wollen, der ein solches Angebot ausschlägt. Sie werden ja wohl kaum erwarten, daß wir Ihnen noch einmal eine solche Chance bieten können. Auf Wiedersehen, Miß Hunter.‹

Damit war ich entlassen.

Nun ja, Mr. Holmes, als ich dann wieder zu Hause war und mich der leere Speiseschrank angähnte und die unbezahlten Rechnungen auf dem Tisch angrinsten, da war ich gar nicht mehr so sicher, ob ich nicht einen großen Fehler gemacht hatte. Die Leute mochten seltsame Ideen haben und unübliche Dinge verlangen. Aber sie waren auch bereit, dafür zu bezahlen. Welcher Erzieherin bietet man schon 100 Pfund im Jahr? Was hatte ich eigentlich von meinem langen Haar? Es gibt 'ne ganze Menge Mädchen, denen kurzes Haar besser steht als langes. Warum nicht auch mir? Und als dann ein paar Tage vergangen waren, war ich sicher, daß ich mir eine riesengroße Dummheit geleistet hatte. Und ich hatte meinen Stolz auch schon soweit überwunden, daß ich zur Stellenvermittlung gehen und fragen wollte, ob die Stelle vielleicht noch frei wäre. Da bekam ich einen Brief. Ich darf ihn Ihnen vielleicht vorlesen:

Liebe Miß Hunter!

Mrs. Stoper war so freundlich, mir Ihre Adresse zu geben. So kann ich Sie fragen, ob Ihre Ablehnung unumstößlich ist. Meine Frau möchte Sie nämlich unbedingt einstellen, so sehr war sie von der Schilderung, die ich von Ihnen gab, begeistert. Ich bin bereit, mein Angebot auf 120 Pfund im Jahr zu erhöhen, wobei ich hoffe, daß ich Sie damit für alle Nachteile, die Ihnen aus unseren Sonderwünschen erwachsen mögen, angemessen entschädigen kann. Es sind ja wirklich nur Kleinigkeiten, die wir verlangen. So bevorzugt meine Frau beispielsweise ein bestimmtes Blau. Was nicht heißt, daß Sie sich blaue Kleider kaufen müssen. Von meiner Tochter Alice her, die in Philadelphia lebt, ist ein solches blaues Kleid im Haus. Es wird Ihnen bestimmt passen. Und Sie sollen das Kleid auch nur im Haus tragen. Dann hat bei uns jeder seinen Platz; ich kann mir nicht vorstellen, daß es Ihnen etwas ausmacht, auf einem bestimmten Stuhl zu sitzen. Ihr wirklich schönes Haar allerdings müssen Sie, so leid es mir tut, abschnei-

den. Von dieser Bedingung kann ich nicht abgehen. Ich kann nur hoffen, daß die zusätzlichen 20 Pfund diesen Verlust ausgleichen. Mit dem Kind werden Sie bestimmt keine Schwierigkeiten haben, der Junge ist wirklich ein lieber Kerl.
Wir würden uns sehr freuen, wenn Sie Ihre Bedenken über Bord werfen. Bitte schreiben Sie mir gegebenenfalls, wann Sie ankommen. Ich hole Sie dann mit dem Wagen vom Bahnhof Winchester ab.

Jephro Rucastle

Also, nach diesem Brief, Mr. Holmes, bin ich so gut wie entschlossen, die Stelle anzunehmen. Oder raten Sie mir ab, nachdem Sie die ganze Geschichte kennen?«
»Nun, liebe Miß Hunter, nachdem Ihr Entschluß feststeht, erübrigt sich wohl die Antwort.« Holmes lächelte.
»Sie haben wirklich keinerlei Bedenken?«
»Hm. Die Sache weicht in der Tat ein bißchen sehr vom Üblichen ab.«
»Glauben Sie, daß etwas Besonderes dahintersteckt?«
»Die vorliegenden Fakten reichen nicht aus, um Ihre Frage zu bejahen oder zu verneinen. Was glauben Sie denn?«
»Ich kann mir nur vorstellen, nachdem Mr. Rucastle ein freundlicher und umgänglicher Mensch ist, daß vielleicht seine Frau geistig gestört ist. Er will natürlich nicht, daß sie ins Irrenhaus kommt. Und indem er auf ihre Wahnvorstellungen eingeht, verhindert er, daß die Krankheit schlimmer wird.«
»Diese Erklärung ist nicht von der Hand zu weisen. Genau betrachtet, scheint sie zum jetzigen Zeitpunkt die einzig mögliche. Aber, wie auch immer, die Verhältnisse in dieser Familie scheinen mir in keinem Fall sehr empfehlenswert für eine junge Frau.«
»Aber das Geld, Mr. Holmes, das viele Geld!«
»Ja, Mr. Rucastle zahlt sehr gut, zu gut, möchte ich sagen. Das ist es, was mir übel aufstößt. Warum zahlt jemand 120 Pfund für eine

Dienstleistung, die er schon für 40 Pfund haben kann? Wer so etwas macht, muß schon sehr gewichtige Gründe haben.«
»Kann ich, wenn es darauf ankommt, mit Ihrer Hilfe rechnen, Mr. Holmes? Mir wäre wirklich viel wohler, wenn Sie mir das zusagen.«
»Aber selbstverständlich, Miß Hunter. Ihr ›Problem‹ könnte interessanter werden als alle Fälle der vergangenen Monate. Es gibt da nämlich ein paar Punkte in Ihrem Bericht, die doch sehr eigenartig scheinen. Wenn Sie also weitere Fragen haben sollten oder sich in Gefahr glauben...«
»Gefahr? Welche Gefahr?« unterbrach sie ihn.
»Könnte ich sie beim Namen nennen, dann wäre sie keine Gefahr mehr. Jedenfalls genügt ein Telegramm, und ich komme, sei es Tag oder Nacht.«
»Danke, Mr. Holmes. Mehr als diese Versicherung brauche ich nicht.«
Mit diesen Worten stand sie auf. Ihre Unsicherheit war wie weggeblasen. »Jetzt gehe ich mit leichtem Herzen nach Hampshire. Gleich heute noch schreibe ich Mr. Rucastle und opfere mein schönes Haar. Und morgen um diese Zeit bin ich schon in Winchester.«
Sie verabschiedete sich und ging.
Ihren raschen Tritten auf der Treppe nachlauschend, sagte ich: »Ich habe das Gefühl, die junge Dame kann recht gut selbst auf sich aufpassen.«
»Sie wird es müssen«, antwortete Holmes ernst. »Es sollte mich sehr wundern, wenn wir nicht bald wieder von ihr hören.«
Und mein Freund sollte recht behalten.
Eine Woche verging und dann eine zweite. Immer wieder kreisten meine Gedanken um die junge Frau und das reichlich eigenartige Drumherum ihrer Stellung. Ein außergewöhnlich hoher Lohn, ganz seltsame Vorschriften, aber kaum Pflichten – da war nichts normal. War das alles nur der Spleen eines Menschenfreundes oder bereitete ein Schurke ein Verbrechen vor? Ich konnte die Frage nicht entscheiden. Auch Holmes saß, wie mir auffiel, immer wieder

mit nachdenklich gerunzelten Brauen in seinem Sessel. Doch wenn ich ihn darauf ansprach, wischte er meine Frage mit einer ärgerlichen Handbewegung weg und fuhr mich an: »Fakten brauche ich, Fakten. Wie soll ich denn ohne Steine ein Haus bauen?«
Er knurrte nur immer wieder vor sich hin, daß er so gar keinen Gefallen an der Sache finden könne.
Das Telegramm kam spätabends. Ich war gerade dabei, zu Bett zu gehen, und Holmes hatte eine seiner chemischen Untersuchungen begonnen, die ihn oft die ganze Nacht in Anspruch nahmen, so daß ich ihn dann am nächsten Morgen immer noch über seinen qualmenden und stinkenden Retorten und Kolben antraf.
Er riß den gelben Umschlag auf, überflog den Text, reichte mir das Blatt und sagte: »Stellen Sie bitte fest, wann ein Zug geht.« Damit beugte er sich wieder über seine Apparaturen.
Das Telegramm war ebenso kurz wie dringend: kommen sie bitte morgen mittag ins hotel schwarzer schwan in winchester stop muß sie unbedingt sprechen stop weiß nicht mehr weiter stop hunter.
»Kommen Sie mit?« fragte mich Holmes.
»Gern!«
Ich holte mir das Kursbuch vom Regal.
»Da fährt ein Zug um halb zehn Uhr nach Winchester. Ankunft elf Uhr dreißig.«
»Den nehmen wir. Unter diesen Umständen werde ich wohl doch besser meine Analyse auf später verschieben, denn wir sollten morgen ausgeruht sein.«

Kurz vor halb zehn Uhr am nächsten Tag saßen wir im Zug und rollten wenig später gen Englands alte Hauptstadt. Als wir die Grenze zur Grafschaft Hampshire passierten, legte Holmes die Morgenzeitungen, die er bis dahin studiert hatte, beiseite und genoß die vorüberfliegende Landschaft. Es war ein Frühlingstag wie aus dem Bilderbuch. Hell strahlte die Sonne, über den seidigblauen Himmel zogen weiße Federwölkchen. Und doch lag noch eine

Kühle in der Luft, die eines Mannes Unternehmungsgeist dämpfen mochte. Soweit das Auge reichte, prangte das Land in jungem Grün, aus dem die roten und grauen Dächer der Bauerngehöfte lugten.
»Ist das nicht ein zauberhaftes Bild?« rief ich mit all der Begeisterung des Mannes, der gerade erst dem grauen Nebel Londons entronnen war.
Doch Holmes schüttelte ernst den Kopf: »Ach, Watson, manchmal wünschte ich mir Ihre Unbefangenheit. Wo Sie nur Schönheit sehen, muß ich – wohl berufsbedingt – immer daran denken, daß unter diesen weltabgeschiedenen Dächern so manches Verbrechen geschehen mag, das unentdeckt und ungesühnt bleibt.«
»Wie kann man nur bei diesen wunderschönen alten Häusern an Verbrechen denken?« Ich war entsetzt.
»Diese wunderschönen Häuschen machen mich stets schaudern. Ich bin der festen Überzeugung, Watson, einer Überzeugung, die sich auf Erfahrung gründet, daß man in den armseligsten und abstoßendsten Gassen Londons nicht mehr Sünde und Verbrechen findet als in diesen lieblichen und einladenden Gefilden.«
»Das kann ich nicht glauben.«
»Aber es ist doch ganz klar. In der Stadt gibt es eine öffentliche Meinung. Sie bringt oft mehr zuwege als das Gesetz. Und sei die Gasse auch noch so ärmlich – das Weinen eines gequälten Kindes oder die Schläge eines Trunkenboldes bleiben nicht unbemerkt bei den Nachbarn. Sie nehmen Anteil. Es braucht nur ein Wort, um die Maschinerie des Gesetzes, das sozusagen vor der Haustür lauert, in Gang zu setzen. Es ist nur ein kleiner Schritt zur Anklagebank. Aber hier auf dem Land? Jedes Haus liegt für sich allein und ist weit von den anderen entfernt. Darin wohnen arme, ungebildete Menschen, die vom Gesetz kaum eine Ahnung haben. Welche Grausamkeit, welche Bosheit kann hier im verborgenen gedeihen, jahraus, jahrein, ohne daß sie je aufgedeckt wird. Wäre diese junge Dame, die unsere Hilfe begehrt, nach Winchester gegangen, ich

hätte mir nie Sorgen um sie machen müssen. Es ist die Tatsache, daß sie sich acht Kilometer weit weg von der Stadt auf dem Lande befindet, die mir Kopfzerbrechen macht. Allerdings, sie selbst dürfte kaum in Gefahr sein.«
»Sicher nicht, denn sonst könnte sie ja wohl kaum nach Winchester kommen, um mit uns zu sprechen.«
»Richtig, sie hat jedenfalls volle Bewegungsfreiheit.«
»Worum mag es wohl gehen? Haben Sie schon eine Idee, Holmes?«
»Eine? Ich habe sogar sieben. Und jeder dieser Erklärungsversuche paßt zu den bekannten Tatsachen. Aber entscheiden, welcher davon letztlich der richtige ist, dazu brauchen wir mehr Information, die Information, die in Winchester auf uns wartet. Ah, da taucht ja auch schon der Turm der Kathedrale auf. Nun dauert es nicht mehr lange bis wir hören werden, was uns Miß Hunter mitzuteilen hat.«
Der ›Schwarze Schwan‹ genießt einen ausgezeichneten Ruf. Er liegt in der High Street, nicht weit weg vom Bahnhof. Die junge Frau wartete schon auf uns. Sie hatte ein Nebenzimmer belegt und für alle ein Mittagessen bestellt. Ihre Begrüßung zeigte, wie erleichtert sie war.
»Ich bin ja so froh, daß Sie beide gekommen sind. Ich weiß nämlich wirklich nicht mehr ein noch aus und brauche unbedingt Ihren Rat.«
»Gern. Zuerst müssen Sie uns allerdings erzählen, was passiert ist.«
»Natürlich. Doch ich will's kurz machen, denn ich muß bis um drei Uhr zurück sein. Mr. Rucastle hat darum gebeten. Er weiß, daß ich in der Stadt bin, allerdings nicht, weshalb.«
»Bitte, Miß Hunter«, unterbrach sie Holmes, »konzentrieren Sie sich auf das Wesentliche.« Er streckte die Füße zum wärmenden Kaminfeuer und war ganz Ohr.
»Ich habe es, das muß ich gerechterweise sagen, bei den Rucastles, geht man nach den äußeren Umständen, gut getroffen. Man behandelt mich auch nicht schlecht. Aber Mr. und Mrs. Rucastle benehmen sich so seltsam, daß ich manchmal richtig Angst kriege.«

»Was meinen Sie mit sich seltsam benehmen?«
»Das will ich ja gerade erzählen. Und zwar von Anfang an. Mr. Rucastle holte mich wie versprochen ab und brachte mich im Jagdwagen zum *Haus bei den Blutbuchen*. Es liegt wirklich sehr schön, ist aber selbst weniger schön, ein großer, quadratischer Kasten, ursprünglich weiß getüncht, inzwischen aber vom Wetter ziemlich zugerichtet, fleckig und streifig. Das Grundstück, auf dem das Haus liegt, ist auf drei Seiten von Wald umgeben, die vierte stößt an einen Acker, der bis zur Straße nach Southampton reicht. Vom Haus bis zur Straße sind es knappe 100 Meter. Vor dem Haus, ich meine vor der Vorderfront, steht eine Gruppe Blutbuchen. Sie gaben ihm den Namen.
Mr. Rucastle war während der ganzen Fahrt sehr nett. Seine Frau und seinen Sohn lernte ich dann am Abend kennen. Sie ist ganz und gar nicht verrückt, wie wir neulich in der Baker Street überlegten, sondern ziemlich still, hat ein blasses Gesicht und ist wesentlich jünger als ihr Mann, ich schätze sie allenfalls auf dreißig, er dagegen dürfte mindestens fünfundvierzig sein. Soweit ich mitgekriegt habe, sind die beiden seit sieben Jahren verheiratet. Sie ist seine zweite Frau. Die erste starb. Von ihr ist die Tochter, die nach Philadelphia ging. Sie vertrug sich nicht, wie mir Mr. Rucastle anvertraute, mit der Stiefmutter. Ist ja auch verständlich bei einem Altersunterschied von schätzungsweise kaum zehn Jahren.
Auch nachdem ich sie etwas näher kennengelernt habe, empfinde ich Mrs. Rucastle als völlig farblos. Sie ist weder besonders hübsch noch besonders intelligent, nur völlig vernarrt in ihren Mann und ihr Kind. Schon bei jenem ersten Vorstellungsgespräch fiel mir auf, wie ihre hellgrauen Augen anbetend ständig von einem zum anderen gingen, um jedem leisesten Wunsch zuvorzukommen. Er behandelt sie in seiner polternden, aber nicht unfreundlichen Art. Jedenfalls wirken die beiden durchaus wie ein glückliches Paar. Und doch scheint sie irgendeinen Kummer zu haben. Immer wieder läuft sie mit todtraurigem Gesicht herum. Dabei ist sie dann ganz offen-

sichtlich mit ihren Gedanken weit weg. Nicht nur einmal sah ich sie in Tränen aufgelöst. Vielleicht ist der Knabe die Ursache ihres Kummers. Ein so verzogenes und bösartiges Kind gibt es nicht noch einmal. Der Junge ist für sein Alter ziemlich klein und hat einen unverhältnismäßig großen Kopf. Er quengelt herum und mault den ganzen Tag. Nichts ist ihm recht. Dazwischen hat er dann entsetzliche Wutanfälle. Nur eins gibt es, was ihn freut, Schwächere zu quälen. So hat er es auch zur Meisterschaft im Vögel- und Mäusefangen gebracht. – Doch das nur nebenbei, denn mit meinem Problem hat es nichts zu tun, Mr. Holmes.«

Der antwortete: »Mich interessiert alles, mag es Ihnen wichtig erscheinen oder nicht.«

»In Ordnung, ich hoffe, daß ich nichts Wichtiges vergesse. Das einzige in dem Haus, was mir von Anfang an nicht zusagte, das sind die Bediensteten, ein Ehepaar Toller. Er ist ein grober, grauhaariger Bursche mit einem Bart und läuft nur mit einer Alkoholfahne herum. Die beiden Male, die ich bisher mit ihm zu tun hatte, war er sogar richtiggehend betrunken. Mrs. Rucastle aber tut so, als ob sie es nicht bemerkte. Tollers Frau, eine große und kräftige, stets mißgelaunte Person, ist genauso schweigsam wie Mrs. Rucastle, aber weit weniger freundlich. Zum Glück habe ich mit diesem garstigen Pärchen kaum zu tun. Ich halte mich die meiste Zeit im Kinderzimmer oder in meinem eigenen Zimmer auf; sie liegen nebeneinander. Die ersten beiden Tage ereignete sich nichts Besonderes. Am dritten, es war nach dem Frühstück, kam Mrs. Rucastle aus dem Obergeschoß herunter und flüsterte ihrem Mann etwas ins Ohr. Daraufhin sagte er zu mir: ›Es war wirklich nett von Ihnen, daß Sie auf unseren Wunsch eingegangen sind und Ihre langen Haare geopfert haben. Wenn Sie mir die Bemerkung gestatten, die neue Frisur steht Ihnen fast noch besser. Jetzt sind wir natürlich sehr gespannt, wie Sie Blau kleidet. Meine Frau hat Ihnen in Ihrem Zimmer ein Kleid zurechtgelegt. Ziehen Sie es doch bitte an.‹

Das Kleid hatte tatsächlich ein besonders schönes Blau, der Stoff,

ein Serge, war von bester Qualität. Man konnte deutlich sehen, daß das Kleid schon getragen war. Es paßte mir wie angegossen. Mr. und Mrs. Rucastle waren hingerissen.
Ihre Begeisterung kam mir einigermaßen übertrieben vor. Wir gingen dann alle ins Wohnzimmer. Es liegt nach vorne heraus, ist sehr groß und hat drei vom Boden bis zur Decke reichende Fenster. Ich mußte mich in einen Sessel setzen, der vor dem mittleren Fenster stand, und zwar so, daß ich ins Zimmer schaute. Mr. Rucastle meinte, bei diesem Licht sei das Blau besonders intensiv und ich möchte ihnen doch erlauben, sich ein Weilchen daran zu erfreuen. Nun, ich schickte mich drein, was gar nicht so schwer war, weil er die ganze Zeit, die ich da sitzen mußte, im Zimmer auf und ab lief und lustige Geschichten erzählte. Ich sage Ihnen, er kann wirklich gut erzählen. Manchmal bog ich mich vor Lachen. Mrs. Rucastle aber saß dabei, die Hände in den Schoß gelegt, und verzog keine Miene. Sie scheint sehr wenig Sinn für Humor zu haben. Bei ihr bewirkten die Geschichtchen ihres Mannes offensichtlich den gegenteiligen Effekt, denn je länger er erzählte, desto trübseliger starrte sie vor sich hin.
Das ging so etwa eine Stunde. Dann meinte Mr. Rucastle, daß es nun allmählich an der Zeit sei, sich wieder den täglichen Pflichten zu widmen. Ich sollte mich nun wieder umziehen und mich um Edward, seinen Sohn, kümmern.
Zwei Tage später ging fast haargenau die gleiche Vorstellung über die Bühne, nur, daß er mir, nachdem er seine Geschichtchen erzählt hatte, ein gelb eingebundenes Buch in die Hand drückte und mich bat, daraus vorzulesen. Dazu drehte er dann den Sessel noch etwas, damit ich besseres Licht hatte. Ich fing mitten in einem Kapitel an. Nach zehn Minuten war Schluß, und ich durfte mich wieder umziehen.
Ich war natürlich neugierig, was das ganze Theater sollte und warum ich unbedingt immer mit dem Rücken zum Fenster sitzen mußte. Ich hätte nur zu gern gewußt, was hinter mir vorging. Aber

wie sollte ich das anstellen? Doch dann kam mir eine Idee. Ich versteckte ein Stück Spiegel – meiner war mir dummerweise zerbrochen – im Taschentuch. Und bei nächster Gelegenheit tat ich so, als müsse ich mir die Lachtränen aus den Augen wischen. Dabei aber schaute ich in den Spiegel. Doch zu meiner großen Enttäuschung war nichts zu sehen.
Erst als ich genauer hinsah, fiel mir auf der Straße ein kleiner, grau gekleideter Mann mit Bart auf, der mich anzustarren schien. Sicher, die Straße ist eine Hauptverkehrsader und immer recht belebt. Aber der Mann lief nicht etwa vorbei, er stand am Zaun und blickte unverwandt zum Haus.
Als ich mein Taschentuch wieder sinken ließ, sah ich aus den Augenwinkeln, daß mich Mrs. Rucastle beobachtete. Sie hatte offensichtlich mein Manöver mitgekriegt, denn sie stand auf, trat ans Fenster und sagte zu ihrem Mann: ›Schau mal, Jephro, da steht ein ganz unverschämter Herr und starrt Miß Hunter an!‹
Darauf fragte er mich: ›Ist das Ihr Freund?‹
Und ich antwortete wahrheitsgemäß: ›Nein, ich kenne hier niemanden.‹
›Also das ist doch eine Unverschämtheit. Ich glaube, Sie sollten ihm klarmachen, daß das Interesse sehr einseitig ist.‹
Mir schien es gescheiter, den Mann gar nicht zu beachten. Und das sagte ich auch. Aber Mr. Rucastle meinte: ›Dann werden wir ihn überhaupt nicht mehr los. Es ist schon besser, wenn Sie ihm unmißverständlich bedeuten, daß er sich fortscheren soll.‹
Ich tat's, und im selben Moment zog Mrs. Rucastle den Vorhang zu. Das war vor einer Woche und das letzte Mal, daß ich das blaue Kleid anziehen und im Sessel vor dem Fenster sitzen mußte. Den Mann habe ich seitdem nicht mehr gesehen.«
»Erzählen Sie weiter, Miß Hunter«, bat Holmes. »Ihre Geschichte ist sehr interessant.«
»Was ich weiter zu berichten habe, steht, fürchte ich, in keinerlei Zusammenhang mit dem vorangehenden. Gleich am ersten Tag

führte mich Mr. Rucastle zu einem Schuppen hinter dem Haus. Drinnen hörte ich Ketten klirren und ein Schnaufen wie von einem großen Tier. Mr. Rucastle deutete auf einen Spalt zwischen den Brettern und sagte: ›Da, schauen Sie mal hinein, ein Prachtkerl.‹ Ich tat's. Im Schuppen war es finster, und ich sah nur eine dunkle Masse, in der zwei glühende Augen schwammen. Ich fuhr erschrocken zurück. Da lachte Mr. Rucastle und meinte: ›Sie brauchen doch keine Angst zu haben. Das ist bloß Carlo, meine Dogge. Das *meine* stimmt allerdings nicht so ganz, denn der Hund gehorcht niemand außer Toller, dem Diener. Carlo bekommt nur einmal am Tag Futter, aber nicht zuviel, damit er scharf bleibt. Nachts läuft er frei herum und gnade Gott dem Eindringling, der ihm vor die Fänge läuft.‹ Mr. Rucastle machte mich eigens darauf aufmerksam: ›Gehen Sie um Himmels willen, wenn Ihnen Ihr Leben lieb ist, nie nach Einbruch der Dunkelheit aus dem Haus.‹
Wie recht er mit seiner Warnung hatte, ging mir zwei Tage später auf. Ich war aus irgendeinem Grund aufgewacht, es muß so gegen zwei Uhr nachts gewesen sein, und stand am Fenster. Vom wolkenlosen Himmel strahlte der Vollmond und ergoß seinen Silberschein über den Rasen. Ganz versunken in das friedliche Bild bemerkte ich plötzlich aus den Augenwinkeln eine Bewegung unter den Blutbuchen. Und dann löste sich aus ihrem Schatten eine falbe Dogge, groß wie ein Kalb, mit tiefhängenden Lefzen, einem riesigen schwarzen Maul und gewaltigen Knochen, die spitz aus dem Fell stachen. Sie trottete langsam zur anderen Seite und verschwand wieder im Schatten. Ich sage Ihnen, Mr. Holmes, mir blieb fast das Herz stehen. Glauben Sie, kein Einbrecher hätte mich so erschrecken können wie dieses Untier.
Das Allerseltsamste aber kommt erst noch. An einem Abend, das Kind war schon im Bett, fing ich an, in meinem Zimmer rumzuräumen und verstaute die Wäsche in einer Kommode. Die ersten beiden Schubladen waren bald voll, und ich ärgerte mich, daß ich die dritte nicht auch belegen konnte, weil sie abgeschlossen war.

Das mußte wohl ein Versehen sein. Also nahm ich meine Schlüssel und probierte, ob einer paßte. Gleich der erste tat's, und ich zog die Schublade heraus. Was ich darin fand, darauf werden Sie nie kommen: Es war das Haar, das ich mir hatte in London abschneiden lassen. Nun werden Sie sagen, es ist doch unmöglich. Ich dachte das natürlich auch. Aber die Farbe stimmte, die Länge und die Dicke. Nur, wie sollte mein Haar aus meinem Koffer in die verschlossene Schublade gekommen sein? Ich also zu meinem Koffer und gleich alles ausgepackt, was noch drin war. Und siehe da, da lag mein Haarzopf, ruhig und friedlich, so wie ich ihn hineingetan hatte. Ich legte die beiden Zöpfe nebeneinander. Sie waren nicht zu unterscheiden. Also tat ich den fremden Zopf zurück in die Schublade und verschloß sie wieder. Den Rucastles habe ich nichts davon erzählt. Ich mochte ungern eingestehen, daß ich mich sozusagen als Einbrecher betätigt hatte.

Ich habe einen sehr guten Orientierungssinn. So fand ich mich sehr schnell im ganzen Haus zurecht und stellte fest, daß ein Teil davon offensichtlich unbewohnt war. Da gibt es nämlich eine Tür, die immer verschlossen ist. Gegenüber liegen die Zimmer der Tollers. Eines Tages nun, ich war gerade auf der Treppe, sah ich Mr. Rucastle aus besagter Tür kommen. Er hatte den Schlüssel in der Hand und war gar nicht mehr der freundlich joviale Mann, den ich kannte. Er sah so aus, als hätte er sich fürchterlich über etwas geärgert. Mich beachtete er gar nicht, schloß ab und lief die Treppe hinunter. Dieses seltsame Verhalten machte mich natürlich neugierig. Also wählte ich für den fälligen Aufenthalt mit meinem kleinen Liebling im Freien den Teil des Grundstücks, von dem aus man die Fenster der unbewohnten Zimmer sieht. Es sind vier. Drei davon waren blind vor Schmutz, und das vierte verschloß ein Laden. Offensichtlich sind die Zimmer tatsächlich unbewohnt. Dann gesellte sich Mr. Rucastle zu uns, freundlich und fröhlich wie immer.

Er meinte: ›Sie werden mich sicher für unhöflich halten, meine junge Dame, weil ich vorhin ohne ein Wort an Ihnen vorüberlief.

Wissen Sie, ich war mit meinen Gedanken gerade beim Geschäft.‹ Ich versicherte ihm, daß ich keineswegs gekränkt wäre, und sagte dann so ganz nebenbei: ›Stehen die Zimmer da oben, wo der Laden geschlossen ist, eigentlich leer?‹
Er sah mich ganz verdutzt, fast mißtrauisch an und sagte dann: ›Wissen Sie, ich fotografiere ein bißchen und entwickle auch selber. Da oben habe ich meine Dunkelkammer. Aber wie kommen Sie darauf? Sie sind mir ja eine ganz Schlaue. Dabei sehen Sie gar nicht so aus!‹
Das klang wie ein Scherz und doch hatten seine Worte einen – ja fast drohenden Unterton. Jedenfalls hatte ich ganz stark das Gefühl, daß er mir etwas verheimlichte, was meine Neugierde nur noch mehr anstachelte. Nein, Neugierde, von der ich mich keineswegs freisprechen möchte, ist eigentlich der falsche Ausdruck. Es war, als ob mich irgend etwas außer mir Stehendes dazu antrieb, der Sache auf den Grund zu gehen, als ob ich eine Aufgabe zu erfüllen hätte. Vielleicht hat es etwas damit zu tun, daß ich eine Frau bin und Frauen eher ihrem Instinkt folgen. Doch egal, wie oder was, von da an lag ich auf der Lauer nach einer Gelegenheit, mir die besagten Zimmer näher anzusehen.
Sie kam gestern. Gelegentlich haben nämlich auch Toller und seine Frau dort zu tun. Beispielsweise sah ich ihn neulich mit einem großen schwarzen Wäschesack hinter der Tür verschwinden. Nun hat Toller in letzter Zeit mehr getrunken als sonst. Gestern abend muß er total blau gewesen sein, denn er ließ den Schlüssel stecken. Ich sah es, als ich die Treppe heraufkam. Die Rucastles waren mit dem Kind im Wohnzimmer. Auf eine so günstige Gelegenheit konnte ich kein zweites Mal hoffen. Also drehte ich ganz behutsam den Schlüssel im Schloß, öffnete und schlüpfte durch die Tür. Vor mir lag ein kurzer Flur, von dem drei Türen abgingen. Zwei davon standen offen. Die zugehörigen Zimmer waren leer, ihre Fenster, in einem zwei, im anderen eins, mit einer dicken Schicht Staub und Spinnweben überzogen, so daß kaum noch Licht eindringen konn-

te. Die dritte Tür aber, zwischen den beiden anderen, war verschlossen und zusätzlich mit einer Eisenstange gesichert. Auf der einen Seite war sie mit einem Vorhängeschloß an einem Ring befestigt und auf der anderen mit einem dicken Strick. Schlüssel sah ich keinen. Diese Tür konnte nur zu dem Zimmer gehören, dessen Fensterladen geschlossen war. Trotzdem fiel unten durch den Türspalt ein schwacher Lichtschein. Ich starrte auf die Tür und überlegte, was sich dahinter verbergen mochte. Da hörte ich auf einmal Schritte, und in dem Lichtschein, der unter der Tür herausfiel, bewegte sich ein Schatten auf und ab. Ich erschrak fürchterlich. Mein einziger Gedanke war, wieder zurück in mein sicheres Zimmer zu kommen. Ich machte kehrt und lief, wie von Furien gejagt – Mr. Rucastle direkt in die Arme, der auf dem Treppenabsatz stand.
›Ach, Sie sind das!‹ Er lächelte mühsam. ›Ich hab' mir's halbwegs gedacht, als ich die Tür offenstehen sah.‹
›Ich, ich, ich hab' mich so erschrocken‹, stotterte ich.
›Aber, aber, Häschen, wer wird denn? Was war's denn, was Sie so erschreckt hat?‹ Das klang sehr väterlich tröstend, für mein Gefühl zu sehr. Jedenfalls wußte ich, daß ich jetzt nichts Falsches sagen durfte.
›Ich war da drinnen, da ist es so still und so dunkel. Und dann hat irgend etwas mein Gesicht gestreift, ich bin so erschrocken, ich bin nur noch gerannt.‹
›Das ist alles?‹ Er sah mich forschend an. ›Sehen Sie, das kommt davon, wenn man wohin geht, wo man nichts zu suchen hat. Oder glauben Sie, die Tür ist nur zum Spaß abgeschlossen?‹ Er lächelte immer noch.
›Aber, ich hab' doch nicht gewußt...‹
›Dann wissen Sie's jetzt‹, unterbrach er mich und fügte hinzu, wobei sich sein Gesicht vor Zorn verzerrte: ›Und wenn ich Sie noch einmal da drin erwische, mein Fräulein, dann lasse ich die Dogge auf Sie los.‹
Ich weiß nicht, wie ich auf mein Zimmer kam. Jedenfalls fand ich

mich einige Zeit später an allen Gliedern zitternd auf meinem Bett liegen. Ich hatte nur noch den einen Gedanken, mit Ihnen zu sprechen, Mr. Holmes. Mir grauste vor allem, vor dem Haus, den Rucastles, dem Dienerehepaar und sogar vor dem Kind. Wenn Sie erst da wären, würde alles gut sein. Also machte ich mich auf den Weg zur Post und schickte Ihnen das Telegramm. Danach war mir schon viel leichter ums Herz. Allerdings hatte ich noch ein paar bange Minuten zu überstehen, als mir die Idee kam, daß bei meiner Rückkehr vielleicht der Hund frei herumlaufen könnte. Doch dann fiel mir ein, daß Toller, betrunken wie er war, kaum an den Hund denken, geschweige denn mit ihm fertig werden würde. Und so war's auch. Ich kam unbehelligt ins Haus. Geschlafen allerdings habe ich kaum. Heute bekam ich ohne weiteres frei, um nach Winchester zu gehen. Allerdings muß ich, wie gesagt, noch vor drei Uhr zurück sein. Mr. und Mrs. Rucastle wollen einen Besuch machen und werden den ganzen Abend fort sein. Also muß ich mich ums Kind kümmern. Nun, Mr. Holmes, was halten Sie von der ganzen Geschichte?«
Wir hatten beide mit wachsender Spannung Miß Hunters Bericht gehört. Jetzt stand mein Freund auf und lief mit ernstem Gesicht im Zimmer auf und ab. Schließlich fragte er:
»Ist Toller immer noch betrunken?«
»Ja, jedenfalls nach dem, was seine Frau zu Mrs. Rucastle sagte.«
»Sehr gut! Und die Rucastles sind also heute abend nicht da?«
»Ja.«
»Hat das Haus einen Keller mit einer festen Tür, die man abschließen kann?«
»Ja, da ist ein Weinkeller.«
»Miß Hunter, Sie haben sehr viel Mut und Besonnenheit bewiesen. Glauben Sie, daß Sie noch ein letztes Mal ein bißchen von diesem Mut aufbringen können? Wissen Sie, ich würde Sie nicht fragen, wenn ich Sie nicht für eine wirklich außergewöhnliche Frau hielte.«
»Ich will es versuchen. Was muß ich tun?«
»Wir, mein Freund und ich, kommen so gegen sieben Uhr zum

Haus bei den Blutbuchen. Die Rucastles sind dann sicher noch eine Weile weg, und Toller ist, hoffentlich, handlungsunfähig. Wir müssen also nur noch Mrs. Toller aus dem Weg schaffen. Und das ist Ihre Aufgabe. Sie müssen sie unter irgendeinem Vorwand in den Keller locken und dort einschließen. Glauben Sie, daß Sie das schaffen?«

»Ich denke schon.«

»Ausgezeichnet. Dann werden wir sehr bald Licht in diese dunkle Geschichte gebracht haben. Eins ist jetzt schon klar. Sie, Miß Hunter, wurden gebraucht, um an Stelle der Person zu treten, die in jenem Zimmer eingesperrt ist. Und dabei kann es sich nur um Rucastles Tochter Alice handeln, die angeblich nach Amerika gegangen ist. Sie, Miß Hunter, dürften dieser Tochter sehr ähnlich sehen, Sie gleichen ihr wahrscheinlich sogar wie ein Ei dem anderen, nur, daß Alice kurze Haare hat. Also mußten auch Sie Ihr langes Haar opfern. Daß Sie auf Miß Alices abgeschnittenen Zopf stießen, war nicht eingeplant. Der Mann am Zaun dürfte ein Freund von Mr. Rucastles Tochter gewesen sein, möglicherweise ihr Verlobter. Er mußte Miß Hunter für Alice halten, noch dazu, da sie Alices Kleid an hatte. Und er mußte den Eindruck haben, daß es ihr sehr gut geht, daß sie aber nichts mehr mit ihm zu tun haben will. Und der frei herumlaufende Hund soll verhindern, daß sich die beiden treffen. Soweit ist alles klar. Nur das Kind gibt mir sehr zu denken.«

»Was um alles in der Welt hat das Kind mit dieser Sache zu tun?« fuhr ich auf.

»Mein lieber Watson, Sie als Arzt sollten wissen, daß sich im Charakter eines Kindes vieles vom Charakter seiner Eltern wiederfindet. Das gilt aber ebenso umgekehrt. Mehr als einmal hat mir die Beobachtung eines Kindes wichtige Aufschlüsse über seine Eltern gegeben. Wenn wir es in diesem Fall mit einem extrem grausamen Kind zu tun haben, das aus reiner Freude an der Grausamkeit quält, liegt der Gedanke nahe, daß sein ewig lächelnder Vater oder seine farblose Mutter von der gleichen Grausamkeit besessen sind. Das heißt nichts Gutes für das arme Geschöpf, das sich in ihrer Gewalt befindet.«

»Sie haben recht, Mr. Holmes. Jetzt, wo Sie das sagen, fallen mir tausend Kleinigkeiten ein, die beweisen, wie recht Sie haben. Wir dürfen keine Minute mehr verlieren.«

»Langsam, mein Fräulein. Wir haben es mit einem sehr verschlagenen Mann zu tun, da dürfen wir nichts überstürzen. Sieben Uhr ist die richtige Zeit zum Losschlagen. Sie erwarten uns beim Haus. Dann werden wir der Sache sehr schnell ein Ende machen.«

Pünktlich um sieben Uhr waren wir beim Haus. Unseren Einspänner hatten wir beim Wirtshaus an der Straße gelassen. Die tiefstehende Sonne färbte die Blätter der Buchen kupferrot. Wir wären auch ohne Miß Hunter, die lächelnd auf den Stufen stand, nicht daran vorbeigegangen.

»Haben Sie's geschafft?« war Sherlocks erste Frage.

Wie zur Antwort ertönte ein dumpfes Klopfen, und Miß Hunter sagte lächelnd: »Das ist Mrs. Toller im Keller. Ihr Mann liegt vorm Herd in der Küche und schnarcht. Und hier habe ich die Schlüssel.«

»Das haben Sie sehr gut gemacht«, lobte der Meisterdetektiv, der im allgemeinen mit Komplimenten eher sparsam war. »Sie zeigen uns bitte den Weg, bringen wir's hinter uns.«

Wir gingen die Treppe hoch, schlossen die Tür auf und standen auch schon vor der gut gesicherten Tür, die uns Miß Hunter beschrieben hatte. Holmes schnitt den Strick durch und beseitigte die Eisenstange. Dann probierte er die Schlüssel, einen nach dem andern. Aber keiner paßte. Und obwohl er dabei einigen Lärm machte, kam von drinnen kein Laut.

Holmes' Miene verdüsterte sich zusehends, und er murmelte: »Ich hoffe, wir kommen nicht zu spät. Miß Hunter, Sie werden besser draußen bleiben. Watson, kommen Sie, wir müssen versuchen, die Tür aufzubrechen.«

Sie war morsch und gab unseren vereinten Bemühungen sofort nach. Nebeneinander stolperten wir ins Zimmer. Es war leer, bis

auf eine schmale Pritsche, einen kleinen Tisch und einen Korb mit Wäsche. Das Oberlicht stand offen, die Gefangene war fort.
»Fehlanzeige«, knurrte Holmes grimmig. »Das Herzchen ist uns zuvorgekommen und hat seine Gefangene fortgeschafft. Er muß etwas geahnt haben.«
»Aber wie hat er's gemacht?«
»Er ist schätzungsweise hier durchs Oberlicht. Woll'n mal sehen.« Holmes kletterte durch die Öffnung aufs Dach. Einen Moment später rief er: »Aha, da lehnt ja auch die Leiter, über die er sie runtergebracht hat.« Er schwang sich wieder ins Zimmer.
»Das ist unmöglich, denn als Mr. Rucastle fort ging, war die Leiter noch gar nicht da!« wandte Miß Hunter ein.
»Er kam wieder zurück, mit der Leiter. Wirklich ein ganz schlauer und gefährlicher Bursche. Da scheint er übrigens zu kommen, ich höre Schritte auf der Treppe. Watson, wir sollten, glaube ich, unsere Revolver bereithalten.«
Er hatte kaum ausgesprochen, da füllte ein schwammig-fetter Mann den Türrahmen. In der Hand hielt er einen schweren Stock. Miß Hunter stieß einen Schreckensschrei aus und wich zur Wand zurück. Doch Sherlock Holmes stellte sich ihm mit einem großen Schritt in den Weg und fragte ihn schneidend: »Wo ist Ihre Tochter, Sie Verbrecher?«
Der Dicke schaute sich suchend im Zimmer um. Dann sah er das offene Oberlicht und kreischte los: »Das sollte ich Sie fragen. Diebe, Banditen, Ihr werdet mir nicht entkommen! Euch will ich's zeigen!« Er machte kehrt und polterte in höchster Eile die Treppe hinunter.
»Er holt den Hund!« schrie Miß Hunter.
»Nur keine Angst«, beruhigte ich sie. »Im Zweifelsfalle bekommt er eine Kugel zu kosten.«
»Schnell hinunter und die Haustür zu!« rief Holmes.
Wir rasten alle los. Doch noch bevor wir ganz unten waren, hörte man einen Hund bellen, und dann ertönte ein entsetzlicher Schrei

voll höchster Todesnot. Unten in der Halle ging eine Tür auf. Heraus torkelte mit unsicheren Schritten ein älterer rotgesichtiger Mann.

»Um Gottes willen!« stammelte er mit schwerer Zunge, »der Hund ist los. Er hat seit zwei Tagen nichts gefressen. Schnell, schnell, sonst ist es zu spät.«

Holmes und ich liefen hinaus, Toller stolperte hinterdrein. Als wir um die Ecke des Hauses bogen, sahen wir den schreienden Mr. Rucastle sich am Boden wälzen und über ihm knurrend und geifernd die ausgehungerte Bestie. Ich drückte sofort ab, und das Untier brach über dem Mann zusammen. Es kostete einige Mühe, die beiden zu trennen. Mr. Rucastle lebte noch, obwohl er übel zugerichtet war. Wir schafften ihn ins Wohnzimmer und betteten ihn auf das Sofa. Während ich mich um ihn bemühte, holte Toller, der inzwischen wieder halbwegs nüchtern geworden war, seine Frau. Als sie ins Zimmer kam, waren wir immer noch alle mit Rucastle beschäftigt. Bei Mrs. Tollers Anblick zog sich Miß Hunter ängstlich zurück. Doch die große, hagere Frau trug der jungen Erzieherin offensichtlich nichts nach, denn sie sagte: »Warum haben Sie bloß nichts gesagt, Miß. Sie hätten sich viel Kummer erspart.«

»So, so«, meinte Holmes und sah sie scharf an. »Sie scheinen ja recht gut unterrichtet über die Sache. Heraus mit der Sprache!«

»Ja, Mister, gern. Aber wenn's wegen der Sache 'ne Verhandlung gibt, dann vergessen Sie man bloß nicht, daß ich auf Ihrer Seite war und auch Miß Alice geholfen hab'. Wissen Sie, seit sich ihr Vater zum zweiten Mal verheiratet hat, ging's ihr schlecht zu Hause. Sie durft' nichts sagen, und wenn sie was sagte, kriegt' sie immer eins auf den Deckel. Richtig schlecht ging's ihr aber erst, als sie Mr. Fowler kennengelernt hat. Sie hat nämlich 'ne Menge Geld geerbt, und Mr. Rucastle, ihr Vater, hat's verwaltet. Und als er dann gemerkt hat, daß sie vielleicht heiraten könnt', die Alice, da wollte er das Geld für sich behalten. Sie hat sich geweigert. Aber er hat sie so lang gequält, bis sie krank wurde – Nervenfieber. Sie wär' fast gestorben. Der junge Mann aber hat immer zu ihr gehalten. Dabei war sie gar nicht mehr so hübsch; sogar ihr Haar hat sie sich abschneiden lassen müssen.«

»Danke, Mrs. Toller«, unterbrach sie Sherlock Holmes. »Den Rest lassen Sie mich erzählen. Um die Heirat zu verhindern und weiter Nutzen aus dem Vermögen der Tochter ziehen zu können, kam der saubere Mr. Rucastle auf die glorreiche Idee, die echte Tochter aus dem Verkehr zu ziehen. Er engagierte Miß Hunter. Mr. Fowler mußte sie aus der Ferne für seine Alice halten und auf Grund ihres abweisenden Benehmens glauben, daß sie nichts mehr mit ihm zu tun haben wollte. Dieser Mr. Fowler ist aber wohl ein sehr zielstrebiger Mensch. Er hat dann Sie, Mrs. Toller, überredet, ihm zu helfen, schätzungsweise mit Hilfe ›greifbarer‹ Argumente.«

»Sagen Sie man bloß nichts gegen Mr. Fowler. Er ist wirklich sehr freundlich und freigiebig«, warf Mrs. Toller ein.

»Und so hatte Ihr Mann immer etwas zu trinken, und ebenso war die Leiter da, als sie gebraucht wurde.«

»Ja, Sir. Mr. Fowler hat Alice heut' geholt, als Mr. Rucastle und seine Frau weg waren.«

»Na ja, dann ist ja alles klar. Der Amtsarzt und Mrs. Rucastle sind auch schon da, wie ich sehe. Watson und ich werden hier wohl nicht mehr gebraucht. Wie steht's mit Ihnen, Miß Hunter, fahren Sie gleich mit uns zurück?«

Damit war also das Geheimnis des Hauses bei den Blutbuchen gelüftet. Mr. Rucastle überlebte dank der aufopfernden Pflege seiner Frau. Doch er wurde nie mehr der alte. Erstaunlicherweise haben die Rucastles die Tollers behalten, vielleicht, weil sie zu viel wissen. Alice ist inzwischen längst Mrs. Fowler; sie lebt mit ihrem Mann auf Mauritius, wo er Gouverneur ist. Miß Hunter schließlich leitet heute eine Privatschule in Walsall. Bedauerlicherweise hatte Sherlock mit dem Moment, da der Fall gelöst war, jegliches Interesse an ihr verloren.

Der blaue Karfunkel

———•—◆—•———

Am zweiten Weihnachtsfeiertag machte ich mich zu meinem Freund Sherlock Holmes auf, um ihm meine Festtagswünsche zu bringen. Er lag in seinem purpurroten Schlafrock auf dem Sofa, rechter Hand, in bequemer Reichweite, den Ständer mit den vielen Pfeifen und neben sich einen wüsten Haufen offensichtlich gelesener Morgenzeitungen. Auf der Lehne des Stuhles beim Sofa hing ein steifer, ausgesprochen schäbiger schwarzer Filzhut, zerbeult und, wie mir schien, kaum mehr tragbar. Auf dem Sitz des Stuhles aber lagen Lupe und Pinzette; offensichtlich harrte der Filz auf der Lehne einer genaueren Untersuchung durch Holmes.
»Sie haben zu tun? Störe ich?«
»Aber gar nicht. Ich freue mich, daß Sie kommen. Dann kann ich gleich mit Ihnen die Ergebnisse meiner Untersuchung diskutieren. Zwar ist ihr Gegenstand recht alltäglich« – er wies mit dem Daumen auf den alten Hut –, »aber nachdem er auf so eigenartige Weise in meinen Besitz kam, sollte es sich doch lohnen, ihn etwas näher unter die Lupe zu nehmen. Wer weiß, welche Aufschlüsse wir so gewinnen.«
Ich ließ mich in seinem Sessel nieder und streckte die Hände gegen das prasselnde Feuer. Draußen war es ganz schön kalt. Nicht umsonst überzogen die Fenster dicke Eisblumen.
»Das ist sicher wieder eines von Ihren Beweisstücken mit einer besonders schrecklichen Geschichte und zugleich der Schlüssel zur Aufdeckung eines Verbrechens und Überführung der Täter.«
»Aber nein, nichts dergleichen.« Sherlock Holmes lachte. »Zunächst einmal erzählt dieser Hut nur von einer jener kleinen, im

Grunde harmlosen Rempeleien, wie sie in einer Stadt, wo sich Millionen auf engstem Raum drängen, jeden Tag zu Dutzenden vorkommen. Unter so vielen Menschen, die agieren und reagieren, sind die unwahrscheinlichsten Geschichten denkbar, ohne daß es sich dabei immer gleich um Verbrechen handeln muß. Wir waren ja schon mehrfach mit derartigem befaßt.«
»Ja, ich weiß, von den letzten sechs Fällen waren drei alles andere als eine Sache für die Strafverfolgungsbehörden.«
»Das gilt mit einiger Sicherheit auch für die Geschichte, die sich hinter diesem Hut verbirgt. Sie erinnern sich doch an Peterson?«
»Ist das nicht dieser Botengänger?«
»Ja, richtig. Er hat mir den Hut gebracht.«
»Soll das heißen, daß er ihm gehört?«
»Nein, nein! Er hat ihn nur gefunden. Der Besitzer des Hutes ist persönlich nicht bekannt. Betrachten Sie ihn doch einmal nicht als malträtiertes Stück Filz, sondern als geistige Herausforderung. Doch zuerst sollen Sie hören, wie er hierher kam. Es war am Morgen des Christtages, und er befand sich in Begleitung einer fetten Gans, die mit allerhöchster Wahrscheinlichkeit längst in Petersons Ofenröhre vor sich hinbrutzelt. Im Klartext: So gegen 4.00 Uhr früh war Peterson – er ist ein grundehrlicher Bursche – von einem Festchen auf dem Weg nach Hause. In der Tottenham Court Road sieht er vor sich im trüben Licht der Gaslaternen einen ziemlich großen Mann laufen, der nicht ganz fest auf den Beinen scheint und über der Schulter eine Gans trägt. Wie Peterson die Ecke Goodge Street erreicht, sieht er, daß der Mann mit irgendwelchem Straßengesindel in Streit geraten ist. Einer von den Burschen fegte ihm den Hut vom Kopf. Der Mann mit der Gans will sich verteidigen, holt mit seinem Stock weit aus und – trifft das Schaufenster hinter sich, das mit lautem Scheppern zu Bruch geht. Peterson rast los und will dem Angegriffenen zu Hilfe kommen, doch der, sowieso schon erschrocken, weil er die Scheibe eingeschlagen hat, sieht nur die Uniform, läßt die Gans fallen und Hut Hut sein, nimmt die Fersen in

die Hand und verschwindet in dem Gäßchengewirr hinter der Tottenham Court Road. Auch für das Straßengesindel gab Petersons Auftauchen das Zeichen zum Verschwinden. Auf der Walstatt blieb als unangefochtener Sieger Freund Peterson zurück und mit ihm als Siegesbeute ein verbeulter Hut und eine ganz und gar unschuldige Weihnachtsgans.«
»Die er sicher dem Eigentümer zurückgab.«
»Das eben ist das Problem, lieber Watson. Sicher, am linken Fuß des Tierchens hing ein Schildchen und darauf stand ›für Mrs. Henry Baker‹. Ebenso finden sich im Hutfutter die Anfangsbuchstaben eines Namens, nämlich H.B. Nur, daß in unserer ›kleinen‹ Stadt mehrere tausend Bakers wohnen, von denen sicher einige hundert den Vornamen Henry tragen. Es dürfte demnach nicht ganz einfach sein, das verlorene Gut seinem rechtmäßigen Besitzer zuzustellen.«
»Was hat Peterson dann gemacht?«
«Er hat Gans und Hut mir gebracht, weil er weiß, daß jedes Problem, und sei es noch so gering, stets mein Interesse und meine Aufmerksamkeit findet. Auch die Gans war heute morgen noch hier, allerdings zeigten sich dann trotz des leichten Frosts untrügliche Zeichen, daß sie schleunigst ihrer natürlichen Bestimmung zugeführt werden sollte. Also hat sie der glückliche Finder mitgenommen, und er wird sie sich, wie ich hoffe, wohl schmecken lassen. Ich aber sitze da mit dem Hut eines unbekannten Gentlemans, der seinen Weihnachtsbraten eingebüßt hat.«
»Hat er denn keine Suchanzeige aufgegeben?«
»Nein.«
»Gibt es irgendwelche Hinweise, auf Grund derer man den Besitzer herausbekommen könnte?«
»Nur indirekte, das heißt abgeleitete.«
»Sicher von seinem Hut?«
»Haargenau.«
»Sie machen Witze. Was soll schon so ein alter, gammeliger Filz aussagen können?«

»'ne ganze Menge. Aber, lieber Watson, Sie kennen ja meine Methoden. Da liegt das Vergrößerungsglas, und da ist der Hut. Versuchen Sie einmal, ob Sie nicht etwas über die Person seines Besitzers herausfinden.«

So nahm ich also den alten Fetzen und begann, ihn ungeschickt zu untersuchen. Es war einer von jenen weit verbreiteten runden, schwarzen, steifen Hüten, der allerdings im speziellen Fall kaum noch den Namen Kopfbedeckung verdiente. Das ehemals rote Seidenfutter war total verblichen. Einen Firmennamen konnte ich nicht entdecken, nur die bereits von Holmes erwähnten Buchstaben H.B.; sie waren aufs Futter gekritzelt. Die Krempe hatte zwei Löcher zum Befestigen eines Gummibandes, das aber fehlte. Dann hatte der Filz noch unübersehbare Beulen, war extrem staubig und ziemlich fleckig, obwohl man versucht hatte, die Flecken mit schwarzer Tinte zu verdecken.

»Also, mir sagt der Hut nichts.« Ich gab ihn meinem Freund.

»Und dabei erzählt er ganze Romane, lieber Watson. Sie müssen nur lesen lernen. Oder liegt es nur daran, daß Sie sich nicht trauen, Ihre Schlüsse zu ziehen?«

»Ich möchte wirklich wissen, was Sie da wieder mal schließen wollen?«

Holmes betrachtete das Stück Filz in seiner typischen Manier von allen Seiten und legte dann los: »So sehr viel gibt er zwar nicht her, aber einiges läßt sich doch sicher sagen und anderes durchaus wahrscheinlich machen. Unser Mann hat bis vor nicht allzulanger Zeit bessere Tage gesehen. Allerdings geht es ihm jetzt ziemlich dreckig. Die Umsicht, die ihm einst eigen war, hat er weitgehend verloren, was wahrscheinlich mit seinem charakterlichen Verfall zusammenhängt. Dieser charakterliche Verfall geht Hand in Hand mit einem geschäftlichen Niedergang. Beides zusammen läßt darauf schließen, daß er zuviel trinkt, sehr wahrscheinlich ist es auch diese Trunksucht, die ihn die Zuneigung seiner Frau gekostet hat.«

»Nun machen Sie aber mal langsam, Holmes.«

Doch der ignorierte meinen Einwurf.
»Etwas Selbstachtung allerdings hat er sich noch bewahrt. Er pflegt eine vorzugsweise sitzende Lebensweise, geht kaum aus, ist Anstrengungen überhaupt nicht gewachsen, von mittlerem Alter, hat graues Haar, verwendet Pomade und war in den letzten Tagen beim Friseur. Soweit das, was sich mit Sicherheit aus dem Hut lesen läßt. Sehr wahrscheinlich hat unser Mann auch kein Gas im Haus.«
»Also ich finde es gar nicht nett, Holmes, daß Sie sich schon wieder über mich lustig machen.«
»Aber nicht im geringsten. Soll das wirklich heißen, daß Sie, obwohl Sie jetzt die Ergebnisse kennen, immer noch nicht wissen, wie ich dazu gekommen bin?«
»Sie dürfen mich ruhig für dumm halten, aber ich kann Ihnen nicht folgen. Wie wollen Sie aus der Betrachtung eines Hutes den wirtschaftlichen Niedergang seines Besitzers folgern?«
»Schauen Sie, dieser Hut ist drei Jahre alt. Sie sehen das an dem gewölbten Rand der ansonsten geraden Krempe; der kam nämlich damals in Mode. Von der Materialqualität her gehört der Hut zum Besten, was es gibt. Dafür sprechen auch das gerippte Seidenband und das teure Futter. Wer sich einen so kostspieligen Hut leisten kann und danach drei Jahre keinen mehr, hat mit Sicherheit finanziell einige Einbußen hinnehmen müssen.«
»Das leuchtet ein. Aber was ist mit der Umsicht und dem Charakterverfall?«
Holmes lachte: »Hier haben Sie Ihre Umsicht.« Er deutete auf die Stelle, wo das Gummiband befestigt gewesen war. »Hüte werden im Normalfall ohne solche Kinkerlitzchen geliefert. Wenn nun unser Mann eigens ein Gummiband anbringen läßt, das, ums Kinn geschlungen, verhindert, daß starker Wind ihm den Hut vom Kopf weht, dann wird man das wohl umsichtig nennen müssen. Nun ist aber irgendwann das Band verlorengegangen, und unser Mann hat es nicht ersetzen lassen. Daraus muß ich folgern, daß ihm seine bisherige Umsicht abhanden gekommen ist. Man wird also doch wohl

sagen dürfen, daß sich sein Charakter zum Negativen verändert hat. Allerdings achtet er immer noch ein bißchen auf sich, sonst hätte er nicht versucht, die Flecken mit schwarzer Tinte zu verdecken.«
»Klingt überzeugend.«
»Sein Alter, die Haarfarbe und -pflege sowie den kürzlich erfolgten Haarschnitt hat mir die Untersuchung des Hutfutters mit dem Vergrößerungsglas verraten. Ich habe da nämlich eine Menge glatt mit der Schere abgeschnittene Haarspitzen gefunden. Sie kleben aneinander, und außerdem riecht der Hut schwach, aber deutlich nach Pomade. Der Staub jedoch, den Sie auf dem Hut finden, ist kein grauschwarzer Straßenstaub, sondern der typisch flockige, bräunliche Staub, wie er im Haus entsteht. Daraus ist zu schließen, daß der Hut die meiste Zeit an der Garderobe hängt. Und die Schweißflecken besagen, daß unser Mann heftig zu schwitzen pflegt, also kaum in bester körperlicher Verfassung sein kann.«
»Woraus aber kaum zu folgern sein dürfte, daß ihn seine Frau nicht mehr liebt.«
»Dieser Hut ist schon lange nicht mehr abgebürstet worden. Sollten Sie, lieber Watson, einmal bei mir mit einem Hut erscheinen, auf dem der Staub von Wochen liegt, und Ihre Frau hat es gesehen und hat Sie dann fortgehen lassen, dann dürften leider auch Sie die Liebe Ihrer Frau verloren haben.«
»Und woher wollen Sie wissen, daß er verheiratet ist?«
»Das verrät mir nun nicht der Hut, sondern die Gans. Sie war eine Friedensgabe. Denken Sie doch nur an das Kärtchen, das am Bein des Vogels hing.«
»Sie haben aber auch auf alles eine Antwort. Und woher, zum Teufel, wollen Sie wissen, daß er kein Gas im Hause hat?«
»Ein Wachsfleck, auch zwei, können immer mal auf einen Hut geraten. Aber bei fünfen muß man davon ausgehen, daß Hut und Wachs häufiger Gelegenheit haben zusammenzukommen – beispielsweise, wenn sich einer nachts, Hut und brennende Kerze in einer Hand, die andere am Geländer, eine Treppe hochtastet. Gas-

licht, mein lieber Watson, produziert nun mal keine Wachsflecken. Nun, zufrieden?«
»Genial!« Ich lachte. »Allerdings verschwendete Energie, nachdem ja, wie Sie vorhin bemerkten, kein Verbrechen vorliegt oder sonst ein Schaden angerichtet ist, es sei denn, der Verlust einer Gans.«
Holmes setzte gerade zu einer Antwort an, da flog die Tür auf und herein stürmte Peterson, der Botengänger, rot im Gesicht, das den Ausdruck ungläubigen Erstaunens trug.
»Die Gans, Mr. Holmes, die Gans!« japste er.
»Ja, was ist mit der Gans? Ist sie vielleicht wieder lebendig geworden und durchs Küchenfenster davongeflogen?«
Holmes drehte sich so auf seinem Sofa, daß er dem erregten Mann besser ins Gesicht schauen konnte.
»Da, sehen Sie bloß mal, was meine Frau im Magen der Gans gefunden hat!«
Er hielt uns die ausgestreckte Hand hin. Darauf lag ein farbsprühender blauer Stein von knapp Bohnengröße. So groß waren sein Feuer und seine Reinheit, daß man den Eindruck hatte, als glühe auf Petersons Hand ein elektrischer Funke. Sherlock Holmes fuhr hoch und stieß einen überraschten Pfiff aus. »Himmel, Peterson, da haben Sie wirklich einen Schatz gefunden. Wissen Sie auch, was Sie da haben?«
»Einen Diamant. Schneidet Glas wie Butter.«
»Es ist nicht ein, es ist *der* Diamant.«
»Doch nicht etwa der blaue Karfunkel von Gräfin Morcar?« rief ich.
»Genau der. Die Beschreibung stand in den vergangenen Tagen mehrfach in der ›Times‹. Der Diamant ist einmalig, sein Wert läßt sich kaum annähernd schätzen.
Für seine Wiederbeschaffung sind immerhin 1000 Pfund ausgesetzt. Aber sie dürften noch nicht einmal ein Zwanzigstel seines Handelswertes darstellen.«
»Großer Gott, haben Sie 1000 Pfund gesagt?« Peterson ließ sich auf

einen Stuhl plumpsen; sein Blick wanderte ungläubig von einem zum anderen.
»Richtig, so hoch ist die Belohnung. Allerdings habe ich einigen Anlaß zur Vermutung, daß der Stein für die Gräfin mehr als den kommerziellen Wert hat. Sie würde die Hälfte ihres Vermögens dafür geben, wenn sie nur ihren Diamanten wiederbekommt.«
»Ist er nicht im Hotel ›Cosmopolitan‹ gestohlen worden?« bemerkte ich.
»Ja, und zwar am 22. Dezember, also vor genau 5 Tagen. Entwendet haben soll ihn John Horner, ein Klempner. Die Verdachtsmomente gegen ihn waren so stark, daß er in Untersuchungshaft genommen wurde. Der Bericht muß noch irgendwo stecken.«
Holmes wühlte in seinen Zeitungen. Endlich hatte er die richtige gefunden, zog sie aus dem Stapel, schlug sie auf und las laut:
»Juwelendiebstahl im Hotel ›Cosmopolitan‹.
Der 26 Jahre alte Klempner John Horner wird beschuldigt, am 22. Dezember aus der Schmuckkassette der Gräfin Morcar einen kostbaren Edelstein, den sogenannten ›blauen Karfunkel‹ entwendet zu haben. Wie uns der Chefportier des Hotels, James Ryder, erklärte, war John Horner am Tage des Diebstahls im Ankleidezimmer der Gräfin damit beschäftigt, eine Reparatur am Kaminrost vorzunehmen. Ryder hatte den Spengler ins Zimmer geführt, war dann aber abgerufen worden. Als er wieder zurückkam, war Horner verschwunden und der Schreibtisch der Gräfin aufgebrochen. Auf dem Schreibtisch aber lag ein kleines, mit Safianleder bezogenes Kästchen, in dem, wie später bekannt wurde, die Gräfin Schmuck aufzubewahren pflegte. Es war leer. Ryder meldete den Vorfall sofort der Polizei, die Horner noch am gleichen Abend festnehmen konnte. Der Stein aber blieb trotz gründlichster Suche verschwunden. Catherine Cusack, die Kammerzofe der Gräfin, hatte Ryders erschrockenen Ausruf bei Entdeckung des Diebstahls gehört. Sie lief sofort ins Zimmer, dessen Zustand sie ebenso schildert wie der Vorerwähnte. Inspektor Bradstreet erklärte, daß Horner heftig ge-

gen seine Verhaftung protestiert und immer wieder seine Unschuld beteuert habe. Horner ist bereits wegen Diebstahl vorbestraft. Beim Haftprüfungstermin zeigte der Beschuldigte hochgradige Zeichen der Erregung. Als der Untersuchungsrichter auf weitere Haft erkannte, brach der Beschuldigte zusammen, so daß er den Saal nicht aus eigener Kraft verlassen konnte.«

»Soweit also die offizielle Lesart.« Holmes ließ das Blatt zurück auf den Zeitungsstapel fallen. »Jetzt müssen wir nur noch die Kette der Geschehnisse rekonstruieren, die uns von der zerbrochenen Schmuckkassette zum Magen einer Gans in der Tottenham Court Road führen. Sie sehen, Watson, meine kleine, harmlose Übung im ›Die-Dinge-zum-Sprechen-bringen‹ bekommt nun doch noch eine Bedeutung. Wir haben den Stein. Er stak in einer Gans, die einem Henry Baker gehörte, behaftet nicht nur mit einem abgetragenen Hut, sondern auch einer Reihe weiterer Eigenschaften, mit denen ich Sie, lieber Watson, eben noch so geplagt habe. Diesen Herrn müssen wir jetzt auftreiben, nur dann erfahren wir, welche Rolle er in diesem Stück spielt. Das einfachste wird sein, wir geben eine Anzeige auf. Sollten wir damit keinen Erfolg haben, bleiben uns noch genügend andere Mittel.«

»Und was wollen Sie schreiben?«

»Das werden Sie gleich sehen. Reichen Sie mir doch bitte Papier und Bleistift.« Während Holmes schrieb, las ich mit: »Weihnachtsgans gefunden und schwarzer Filzhut, Tottenham Court Road, Ecke Goodge Street. Der Verlierer, Henry Baker, kann sein Eigentum heute abend, 18.30 Uhr abholen, in der Baker Street 221B.«

»So, das dürfte genügen.«

»Das meine ich auch. Hoffentlich liest dieser Baker auch die Anzeige.«

»Keine Sorge. Gans und Hut waren für ihn ein herber Verlust. Da wird er die Rubrik ›Gefunden‹ besonders aufmerksam studieren. Als er versehentlich das Schaufenster zerschlug und Peterson kommen sah, dachte er nur noch an Flucht. Inzwischen wird er schon

mehr als einmal bedauert haben, daß er dabei die Gans fallen ließ. Und indem ich seinen Namen angebe, erreiche ich, daß ihn jeder, der ihn kennt, auf die Anzeige aufmerksam macht. Sie, Peterson, nehmen die Anzeige bitte mit und geben sie gleich auf, damit sie noch in die Abendausgabe kommt.«
»Gern, Mr. Holmes. Und was ist mit dem Stein?«
»Ach ja. Den lassen Sie am besten bei mir. Noch etwas, besorgen Sie mir doch bitte noch eine zweite Gans. Nachdem Ihre Familie, Peterson, ja gerade seine Gans verspeist, müssen wir nun wohl für einen Ersatz sorgen.«
Peterson ging. Holmes nahm den Stein und hielt ihn so, daß das Licht voll darauffiel. »Wirklich, ein hübsches Ding. Sehen Sie nur, wie er glitzert und funkelt, dieser Brennpunkt des Verbrechens. Besondere Edelsteine, wie dieser, ziehen Verbrecher und Verbrechen geradezu magisch an. Da macht unser Stein hier keine Ausnahme. Bei größeren und länger bekannten Steinen sind die Verbrechen, die um ihretwillen begangen wurden, so zahlreich wie ihre Facetten. Nun schauen Sie sich diesen Stein hier an. Gefunden hat man ihn am Fluß Amoy in Südchina. Er ist wasserklar und hat jene begehrte lichtblaue Tönung. Vor zwanzig Jahren erst hat man ihn gefunden. Aber wie viele Verbrechen sind schon um seinetwillen begangen worden. Allein zwei Morde, eine Körperverletzung mit Vitriol, ein Selbstmord und eine Reihe von Diebstählen gehen auf das Konto dieser 40 Karat kristallisierten Kohlenstoffs. Wer denkt schon beim Anblick eines so hübschen Spielzeugs, daß es in erster Linie Gefängnis und Galgen mit Futter versorgt. Verwahren wir das Steinchen im Geldschrank und benachrichtigen die Gräfin, daß sie es bei uns holen kann.«
»Was meinen Sie, hat dieser Klempner Horner den Diebstahl wirklich begangen?«
»Ich kann's nicht sagen.«
»Wäre es nicht auch möglich, daß dieser Henry Baker in der Sache irgendwie mit drinsteckt?«

»Ich halte Henry Baker für absolut unbeteiligt. Er hat bestimmt nicht gewußt, was für einen Schatz er mit seiner Gans auf der Schulter nach Hause trägt. Nun, wir werden sehr schnell feststellen, welche Rolle er in dieser Geschichte spielt, sobald er erst auf meine Anzeige reagiert hat.«
»Und was machen Sie bis dahin?«
»Nichts.«
»Nun, dann kann ich mich ja beruhigt auf meine Runde von Krankenbesuchen machen. Ich will sehen, daß ich zur in der Anzeige angegebenen Zeit wieder hier bin. Schließlich will ich wissen, wie diese verrückte Geschichte weitergeht.«
»Fein. Ich esse um sieben. Es gibt Schnepfen. Eingedenk unseres jüngsten Ergebnisses sollte ich wohl Mrs. Hudson bitten, den Mageninhalt der Tierchen einer besonders gründlichen Prüfung zu unterziehen.«

Ich wurde aufgehalten, und so kam ich erst kurz nach halb sieben Uhr wieder in die Baker Street. Von weitem sah ich im trüben Schein der Laterne über der Haustüre von 221 B einen großen Mann mit Schottenmütze stehen, der den Mantel bis zum Hals zugeknöpft hatte. Gerade als ich ihn erreichte, machte Mrs. Hudson auf. So traten der Fremde und ich gleichzeitig in Holmes' Zimmer. Der Meisterdetektiv hatte sich aus seinem Sessel erhoben und begrüßte den Besucher so ungezwungen freundlich, wie nur er es konnte: »Mr. Henry Baker, wie ich annehmen darf. Bitte, nehmen Sie doch hier am Feuer Platz. Der Abend ist reichlich kalt, und mir scheint, Ihnen ist der Sommer zuträglicher als der Winter. Grüß Sie, Doktor, Sie kommen gerade im rechten Moment. Gehört dieser Hut Ihnen, Mr. Baker?«
»Ja, das ist ganz sicher meiner.«
Henry Baker war wirklich groß und hatte einen enormen Schädel, ließ aber die Schultern hängen. Das breite, intelligente Gesicht zierte ein brauner, von grauen Streifen durchzogener Spitzbart. Das

Rot von Nase und Wangen sowie das Zittern der ausgestreckten Hand bestätigten Holmes' Behauptung, daß Mr. Baker zu sehr dem Alkohol zugetan war. Sein abgetragener, verschossener schwarzer Gehrock war bis obenhin zugeknöpft, der Kragen hochgeschlagen, die schmalen Handgelenke ragten weit aus den Ärmeln; Manschetten oder Hemdsärmel waren nicht zu sehen. Er sprach leise und stockend, wählte aber seine Worte sorgfältig. Insgesamt machte er den Eindruck eines gebildeten Mannes, mit dem es das Schicksal nicht gerade gut gemeint hatte.

»Ihr Eigentum«, sagte Holmes, »wurde mir schon vor einigen Tagen gebracht. Ich habe immer auf eine Anzeige gewartet. Haben Sie denn nicht annonciert?«

Unser Besucher antwortete mit einem verlegenen Lachen: »Wissen Sie, die Schillinge sitzen mir nicht mehr so locker in der Tasche wie früher. Ich war sicher, daß das Straßengesindel Hut und Gans mitgenommen hatte. Da schien es mir wenig sinnvoll, einer ohnehin verlorenen Sache auch noch Geld hinterherzuwerfen.«

»Das ist verständlich. Übrigens, den Vogel mußten wir natürlich essen.«

Diese Bemerkung hob Mr. Baker halbwegs vom Sitz: »Sie haben ihn gegessen?«

»Hätten wir die Gans lieber verderben lassen sollen? Aber ich hoffe, daß diese hier auf der Anrichte Sie für den Verlust entschädigen kann; sie ist frisch und hat das gleiche Gewicht.«

»Aber sicher, ganz sicher!« Mr. Baker war hörbar erleichtert.

»Federn, Kopf, Füße und Innereien Ihrer Gans sind natürlich noch da. Wenn Sie sie mitnehmen möchten...«

Dieser Vorschlag entlockte unserem Besucher ein herzhaftes Lachen: »Ich wüßte nicht, was ich damit anfangen sollte, es sei denn, sie aufbewahren zur ewigen Erinnerung an das wunderbare Wiederauftauchen eines Hutes und die Auferstehung einer verschwundenen Gans. Nein, Sir, mit Ihrer Erlaubnis konzentriere ich mich lieber auf das Tierchen auf der Anrichte.«

Sherlock Holmes warf mir einen scharfen Blick zu und zuckte kaum merklich mit den Achseln. Dann sagte er: »Wo hatten Sie eigentlich Ihre Gans gekauft? Ich habe selten eine schönere gesehen.«
»Das will ich Ihnen gerne sagen.« Baker war aufgestanden und hatte sich seine Gans unter den Arm geklemmt. »Ein paar von uns treffen sich immer im ›Alpha‹. Das ist eine Kneipe beim Museum, in dem wir arbeiten. Am Anfang dieses Jahres war der Wirt, Mr. Windigate, auf die Idee gekommen, einen ›Gänseklub‹ zu gründen. Die Mitglieder dieses Klubs zahlen ein paar Pence pro Woche in die Klubkasse, und von dem Geld werden dann Ende des Jahres Weihnachtsgänse gekauft. Ich hatte immer pünktlich gezahlt und – den Rest der Geschichte kennen Sie ja. Jedenfalls bin ich Ihnen sehr zu Dank verpflichtet, denn eine Schottenmütze paßt weder zu meinem Alter noch zu meiner Würde. Leben Sie wohl, meine Herren.« Er bedachte jeden von uns mit einer schwungvollen Verbeugung und trollte sich.
»Damit wäre also das Kapitel Henry Baker erledigt«, sagte Holmes, sobald sich die Tür hinter dem Besucher geschlossen hatte. »Der Mann weiß mit Sicherheit überhaupt nichts von dem Edelsteindiebstahl. – Wie steht's eigentlich, Watson, Sie haben sicher Hunger?«
»Nicht besonders.«
»Dann schlage ich vor, wir verschieben das Abendessen und folgen gleich dem neuen Hinweis.«
»Sehr einverstanden.«
Draußen war es bitterkalt. Deshalb hüllten wir uns in Schals und dicke Überzieher. Vom frostklaren Himmel strahlten hell die Sterne, die wenigen Menschen, die unterwegs waren, stießen weiße Wölkchen aus, ihre Schritte klangen in der klirrend kalten Nacht überlaut. Eine Viertelstunde später waren wir im ›Alpha‹, einer Eckkneipe in Bloomsbury. Wir stellten uns an die Theke, und Holmes bestellte beim rotbackigen Wirt in der weißen Schürze zwei Bier. Nach einem tiefen Zug sagte der Meisterdetektiv: »Mein Kompliment, Ihr Bier ist mindestens so gut wie Ihre Gänse.«

»Meine Gänse?« Das klang sehr erstaunt.
»Ja, Ihre Gänse. Es ist noch nicht einmal eine halbe Stunde her, daß mir Henry Baker davon vorgeschwärmt hat. Sie kennen ihn doch, er ist Mitglied des Gänseklubs.«
»Ach, die meinen Sie. Aber das waren gar nicht meine Gänse.«
»Wo kamen sie dann her?«
»Aus Covent Garden. Ich habe sie dort bei einem Händler gekauft, gleich zwei Dutzend.«
»Ach ja! Dort habe ich auch schon Gänse gekauft. Bei wem denn?«
»Bei Breckinridge.«
»Nein, den kenne ich allerdings nicht. Na, dann zum Wohl.«
Wir tranken aus und gingen. Holmes verabschiedete sich mit einem: »Wünsche weiter gute Geschäfte« und fuhr dann zu mir gewandt fort: »Also auf, zu Mr. Breckinridge«. Draußen knöpften wir schleunigst unsere Mäntel zu und schlugen die Krägen hoch. Holmes meinte: »Es muß sein, Watson. Immerhin hängt an diesem unschuldigen Vogel das Schicksal eines Mannes, dem sieben Jahre Zuchthaus bevorstehen, wenn nicht seine Unschuld bewiesen wird. Vielleicht ergeben unsere Nachforschungen, daß er tatsächlich den Stein gestohlen hat. Aber, wie dem auch sei, der Zufall hat uns eine Spur in die Hand gegeben. Wir sind damit der Polizei um mehr als einen Schritt voraus und verfolgen die Sache bis zum bittern Ende. Also Richtung Süd, marsch, marsch!«
Um zum Covent Garden zu kommen, mußten wir durch Holborn, die Endell Street runter und dann im Zickzack durch die Slums. Der Name Breckinridge zierte einen der größten Stände. Der Besitzer, ein großer Mann mit scharfem Gesicht und einem wohlgestutzten Backenbart, half gerade dem Lehrjungen die Läden vorzulegen.
»Guten Abend«, grüßte Holmes. »Schön kalt heute.«
Der Händler nickte nur und schaute meinen Freund fragend an.
»Gänse haben Sie wohl keine mehr, wie ich sehe.« Holmes' Blick ruhte auf den leeren Marmorborden.
»Morgen früh können Sie ein halbes Tausend haben.«

»Das nützt mir nichts.«
»Dahinten, beim Stand unter dem Gaslicht, gibt's noch welche.«
»Man hat mir aber Sie empfohlen!«
»Wer denn?«
»Der Wirt vom ›Alpha‹.«
»Ach, richtig, der hat zwei Dutzend von mir bezogen.«
»Und es waren schöne Tiere. Mich würde interessieren, wo Sie die her hatten.«
Unbegreiflicherweise wurde der Händler auf diese Frage hin fuchsteufelswild. Er streckte angriffslustig den Kopf vor, stemmte die Arme in die Seite und sagte böse: »Was soll diese Frage? Worauf wollen Sie eigentlich hinaus?«
»Ganz einfach: Ich möchte wissen, woher die Gänse kamen, die Sie an den Wirt vom ›Alpha‹ verkauft haben?«
»Das geht Sie einen Dreck an!«
»Na ja, ist ja auch nicht so wichtig. Regen Sie sich bloß wieder ab.«
»Ich rege mich auf, so oft und so lange ich will. Immer diese verdammten Gänse. Als ob's nicht reicht, daß ich mein gutes Geld dafür bezahlt habe, alle naselang kommt einer: ›Wo sind die Gänse? Wem haben Sie die Gänse verkauft? Was kosten Ihre Gänse?‹ Es ist gerade so, als gäbe es auf dem ganzen Markt sonst keine Gänse. Verdammtes Getue mit den Gänsen!«
»Mann, bleiben Sie bloß auf dem Teppich.« Holmes blieb völlig unbeeindruckt. »Dann wird's halt nichts mit meiner Wette. Wissen Sie, wenn's um Geflügel geht, riskiere ich schon mal gerne ein Scheinchen. Habe nämlich gewettet, daß die Gans, die ich von hier hatte, auf dem Land groß geworden ist.«
»Und die Wette haben Sie verloren«, sagte der Händler höhnisch.
»Sie können mir viel erzählen.«
»Wenn ich es sage!«
»Das nehme ich Ihnen nicht ab. Die Gans kam vom Land.«
»Glauben Sie wirklich, Sie verstehen mehr von Gänsen als einer, der sozusagen mit Gänsen zusammen aufgewachsen ist? Alle Gänse, die

ich dem Wirt vom ›Alpha‹ verkauft habe, waren von einem Züchter in der Stadt.«
»Das werden Sie mir nie weismachen.«
»Wetten wir?«
»Wenn Sie gerne Geld loswerden möchten«, sagte Holmes. »Aber ich möchte kein Spielverderber sein. Ich setze einen Sovereign darauf, daß die Gänse vom Land stammten.« Holmes fischte die Münze aus der Tasche und warf sie spielerisch in die Luft. Der Händler grinste nur und sagte zum Lehrjungen: »Bill, bring mir mal die Bücher.«
Der Lehrjunge verschwand im Hintergrund und erschien gleich wieder mit einem kleinen dünnen Notizbuch und einem zweiten dicken Buch, das voller Fettflecke war. Er knallte beide nebeneinander auf die Ladentheke.
»Jetzt, Mr. Besserwisser, dürfen Sie sich selbst überzeugen, daß ich recht habe«, sagte Breckinridge. »Mir war zwar, als hätte ich heute keine Gans mehr im Laden, aber Sie werden gleich feststellen, daß mir doch noch eine zugeflogen ist. Sehen Sie das Notizbuch?«
»Natürlich, bin ja nicht blind.«
»Da stehen meine Lieferanten drin. Sie dürfen ruhig reinschauen. Da, die Namen und hier die Adresse. Die Nummern hinter den Namen aber, die finden Sie hier.« Er klatschte mit der flachen Hand auf die dicke, fettfleckige Schwarte. »Das ist mein Kontobuch, wo ich meine Einkäufe und Verkäufe aufschreibe. Und jetzt lesen Sie mal hier im Notizbuch den dritten Namen von oben.« Holmes las: »Mrs. Oakshott, Brixton Road 117, London – 249.«
»Ist das nun eine Stadtadresse oder nicht?« Ohne eine Antwort abzuwarten, fuhr er fort: »Und jetzt schlagen wir 249 auf. Was lesen Sie da?«
»Mrs. Oakshott, Brixton Road 117, London, Eier und Geflügel.«
»Und wie heißt die letzte Eintragung?«
»22. Dezember, 24 Gänse – 7 Schilling 6 Pence.«
»Wenigstens lesen können Sie. Und darunter?«

»Verkauft an Mr. Windigate, ›Alpha‹ – 12 Schilling.«
»Nun, Freundchen? Überzeugt?«
Doch Sherlock Holmes schien sich zu schade für eine Antwort. Er zog nur ein grimmiges Gesicht, knallte den Sovereign auf die Ladentheke, machte auf dem Absatz kehrt und ging. Ich natürlich hinterher. Wir waren erst wenige Schritte gegangen, da sah ich im Licht einer Laterne, wie sich mein Freund vor lautlosem Lachen schüttelte.
»Solche Leute kriegt man mit einer Wette immer! Sie hat mir mehr Informationen verschafft, als es 100 Pfund gekonnt hätten. Ja, Watson, es sieht so aus, als näherten wir uns dem Ende unserer Untersuchung. Was machen wir nun, gehen wir noch heute zu dieser Mrs. Oakshott, oder verschieben wir's auf morgen? Immerhin steht ja nun fest, daß außer uns noch andere sich das Schicksal dieser Gans sehr angelegen sein lassen.«
Bevor er noch weiter sprechen konnte, erhob sich bei dem Stand, den wir gerade verlassen hatten, ein großes Geschrei. Zurückblickend sahen wir einen kleinen, schmalgesichtigen Mann vor Brekkinridge auf und ab tanzen, der sich mit geballten Fäusten in der Tür zu seinem Stand aufgepflanzt hatte. Dann hörte man ihn schreien:
»Jetzt hab' ich aber endgültig genug von euch und euren verdammten Gänsen! Euch soll der Teufel holen! Wenn du mich noch einmal mit deinem einfältigen Geschwätz behelligst, dann lass' ich den Hund los. Mrs. Oakshott soll selber kommen, wenn sie was von mir will. Schließlich habe ich die Gänse von ihr und nicht von dir, Hampelmann, gekauft.«
»Wenn aber davon eine mir gehört hat«, jammerte der kleine Mann.
»Was geht das mich an, frag' Mrs. Oakshott.«
»Aber sie hat mich doch zu Ihnen geschickt!«
»Dann frage meinetwegen den Kaiser von China. Mir reicht's jedenfalls. Verschwinde, aber ein bißchen plötzlich!«
Er machte drohend einen Schritt vorwärts, woraufhin der Fragesteller angstvoll zurückwich.

»Schnell«, zischte mir Sherlock Holmes zu, »den Burschen kaufen wir uns. Der erspart uns vielleicht den Besuch in der Brixton Road.« Mit wenigen langen Schritten hatte er das Männchen eingeholt und tippte ihm auf die Schulter. Der fuhr wie von der Tarantel gestochen herum. Sogar bei dem schwachen Licht der Laterne konnte man sehen, daß alles Blut aus seinem Gesicht gewichen war.
»Wer sind Sie? Was wollen Sie?« fragte er mit bebender Stimme.
»Sie müssen schon entschuldigen«, beschwichtigte ihn Holmes. »Ich habe durch Zufall gehört, daß Sie den Händler nach einer Gans fragten. Vielleicht kann ich Ihnen helfen.«
»Sie? Wer sind Sie denn? Sie können doch gar nichts von der Sache wissen?«
»Mein Name ist Sherlock Holmes, und es ist mein Beruf, mehr zu wissen als andere.«
»Aber doch nicht darüber!«
»Doch, gerade darüber weiß ich alles. Sie suchen die Gänse, die Mrs. Oakshott an den Händler Breckinridge verkauft hat, der sie seinerseits weiter veräußerte an Mr. Windigate vom ›Alpha‹, der sie dann an die Mitglieder des Gänseklubs verteilte.«
»Oh, Sir! Sie sind genau der Mann, den ich gesucht habe!« rief der kleine Bursche. Es schien fast, als wolle er Holmes um den Hals fallen. »Sie ahnen ja nicht, wie sehr mich das interessiert.«
Sherlock Holmes signalisierte einer vorüberfahrenden Droschke. »Wenn das so ist, dann verlegen wir unsere Unterhaltung besser von diesem zugigen Platz in ein warmes Zimmer. Vielleicht sagen Sie mir zuvor nur noch, wem zu helfen ich das Vergnügen habe.«
Ein kurzes Zögern, und dann kam die Antwort: »Ich heiße John Robinson.« Sein Blick ging dabei an Holmes vorbei.
Der sagte: »Nein, nein, den richtigen Namen will ich wissen. Ich mag's nicht, wenn meine Geschäftspartner unter falschem Namen auftreten.«
Die blassen Wangen des Fremden röteten sich. »Also dann – ich bin James Ryder.«

»Jetzt stimmt's. Sie sind Chefportier im Hotel ›Cosmopolitan‹. Kommen Sie doch, steigen Sie ein. Sie sollen alles erfahren, was Sie wissen wollen.«
Der kleine Mann blickte unschlüssig von einem zum anderen. In ihm stritten sich Angst und Hoffnung. Dann gab er sich einen Ruck und stieg ein.
Eine knappe halbe Stunde später saßen wir zu dritt in unserem Wohnzimmer in der Baker Street. Während der ganzen Fahrt war kein Wort gefallen. Doch die gepreßten Atemzüge und das dauernde Öffnen und Schließen der Hände hatten verraten, daß unser Begleiter mehr als nervös war.
»So, da wären wir also«, war Holmes' erste Bemerkung, nachdem sich hinter dem letzten von uns die Tür geschlossen hatte. »In dieser Jahreszeit kann man ein Feuer wirklich gut gebrauchen. Sie sehen ja schon ganz erfroren aus, Mr. Ryder.
Bitte nehmen Sie hier im Korbstuhl Platz. Wenn Sie gestatten, will ich nur schnell noch in meine Hausschuhe schlüpfen, bevor wir uns Ihrem Problem zuwenden. So, das hätten wir. Sie möchten also wissen, was aus diesen Gänsen geworden ist?«
»Ganz recht.«
»Das heißt, ich sollte wohl besser sagen ›der Gans‹, denn Sie sind nur an einer einzigen interessiert, einer, die einen schwarzen Streifen im Schwanz hatte.«
Ryder zitterte vor Aufregung. Mit fast überkippender Stimme fragte er: »Bitte, ich muß unbedingt wissen, wo die Gans abgeblieben ist.«
»Sie kam in dieses Haus.«
»Zu Ihnen?«
»Allerdings. Und es zeigte sich, daß diese Gans ein ganz besonderer Vogel war. Sehr verständlich, daß Sie sich so sehr dafür interessieren. Hat doch dieser Vogel nach seinem Tod noch ein Ei gelegt, ein wunderschönes blaues funkelndes Ei. Warten Sie, ich zeige es Ihnen.«

Unser Gast fuhr aus seinem Sessel hoch und suchte am Kaminsims Halt. Holmes öffnete die Tür des Geldschrankes und nahm den blauen Karfunkel heraus. Der Edelstein leuchtete und strahlte in seiner Hand wie der hellste Stern. Ryder starrte wie gebannt darauf. Vergeblich suchte er nach Worten.
»Das Spiel ist aus, Ryder«, sagte Holmes scharf. »Bleiben Sie stehen, Mann! Vorsicht, das Feuer! Watson, helfen Sie ihm in den Stuhl. Der Mann ist wirklich nicht zum Verbrecher geboren. Verabreichen Sie diesem Möchtegerndieb einen Brandy, damit er wieder auf die Beine kommt.«
Einen Moment lang hatte Ryder gefährlich geschwankt. Doch der Brandy weckte schnell wieder seine Lebensgeister und zauberte sogar ein leichtes Rot in sein bleiches Gesicht. Schreckerfüllt und ungläubig starrte er den Meisterdetektiv an, der unbarmherzig fortfuhr: »Ich weiß alles und habe genügend Beweise, um Sie zu überführen. Nur der Vollständigkeit halber noch ein paar Fragen. Woher wußten Sie von Gräfin Morcars Edelstein?«
Ryder antwortete stockend: »Catherine Cusack hat mir's erzählt.«
»Die Kammerzofe. Das habe ich mir gedacht. So schnell und leicht zu Reichtum zu kommen war natürlich eine große Versuchung, der schon ganz andere erlegen sind. Allerdings, sehr wählerisch waren Sie in Ihren Mitteln nicht. Mir scheint, in Ihnen steckt ein hübscher kleiner Schuft. Sie wußten, daß dieser Spengler Horner vorbestraft war und so der Verdacht sofort auf ihn fallen mußte. Was haben Sie also getan? Sie sorgten im Verein mit Ihrer Komplizin, Catherine Cusack, daß im Zimmer der Gräfin eine kleine Reparatur notwendig wurde und daß man sie Horner übertrug. Sobald er seine Arbeit getan hatte und wieder gegangen war, brachen Sie die Schmuckschatulle auf, nahmen den Stein heraus und ›entdeckten‹ den Diebstahl, woraufhin der arme Spengler auch gleich verhaftet wurde. Dann...«
Ryder hatte mit steigendem Entsetzen zugehört. Jetzt fiel er vor Holmes auf die Knie, streckte ihm die gefalteten Hände entgegen

und flehte mit sich überschlagender Stimme: »Hören Sie auf! Ich flehe Sie an, hören Sie auf. Wenn meine Eltern das erfahren, bricht ihnen das Herz. Ich habe noch nie etwas Unrechtes getan. Ich werde nie wieder so etwas tun, ich schwöre es, ich schwör's auf die Bibel. Nur bringen Sie mich nicht vors Gericht. Um Himmels willen, nur das nicht!«
»Jetzt setzen Sie sich erst mal wieder hin«, sagte Holmes streng. »Sie haben leicht um Mitleid winseln. Hatten Sie Mitleid mit Horner, als Sie ihn, obwohl er unschuldig ist, ins Gefängnis brachten?«
»Ich verschwinde, verlasse England, Sir. Dann fehlt der Hauptzeuge, und die Anklage gegen Horner bricht zusammen.«
»Hm – Ich kann nichts versprechen. Zunächst einmal erwarte ich völlige Offenheit von Ihnen. Wie kam der Diamant in die Gans, und wie kam gerade diese Gans auf den Markt?«
Ryder fuhr mit der Zunge über die trockenen Lippen: »Sie sollen alles hören, Sir, genauso, wie's passiert ist. Horners Verhaftung hielt mir fürs erste die Polizei vom Hals. Aber ich wußte natürlich nicht, ob für immer. Ich mußte also sehen, den Stein schnellstens loszuwerden, bevor man auch mich und mein Zimmer durchsuchte. Darauf mußte ich gefaßt sein, wenn man den blauen Karfunkel nicht bei Horner fand. Im Hotel wußte ich kein passendes Versteck. Also fragte ich, ob ich weggehen dürfte, weil ich etwas zu besorgen hätte, und ging zu meiner Schwester in die Brixton Road, wo sie und ihr Mann Gänse zum Verkauf mästen. Der Weg war fürchterlich, denn in jedem Mann, der mir begegnete, sah ich einen Polizisten oder Detektiv. Und obwohl es ein sehr kalter Tag war, lief mir, als ich bei meiner Schwester ankam, der Schweiß in Strömen herunter. Sie fragte mich noch, was denn los sei und ob mir etwas fehle. Ich hab' ihr dann gesagt, es sei wegen dem Juwelendiebstahl im Hotel. Dann ging ich in den Hof und dachte bei einer Pfeife nach, was ich weiter tun sollte.
Da fiel mir ein Freund ein, Moudsley. Er hatte ein paar krumme Touren gemacht, war aber gerade wieder aus dem Gefängnis drau-

ßen. Mit dem hatte ich mich früher einmal darüber unterhalten, wie Diebe ihre heiße Ware loswerden. Moudsley würde bestimmt wissen, wie und wo ich den Stein zu Geld machen konnte. Ihn ins Vertrauen zu ziehen war kein so großes Risiko, weil ich ein paar Sachen über ihn weiß. Er konnte es kaum wagen, mich übers Ohr zu hauen. Nur, wenn ich zu ihm wollte, mußte ich wieder auf die Straße, und ich erinnerte mich nur allzugut an die Schrecken des Weges bis zu meiner Schwester. Schließlich konnte ich jeden Moment verhaftet und durchsucht werden. Ich durfte den Stein nicht bei mir behalten. Aber wohin damit? Da kam mir beim Anblick der Gänse, die um mich herumwatschelten, die rettende Idee, wie ich den blauen Karfunkel so transportieren konnte, daß ihn der größte Detektiv nicht finden würde: In der Gans, die mir meine Schwester für Weihnachten versprochen hatte. Ich griff mir also eine, es war eine schöne weiße Gans mit einem schwarzen Streifen im Schwanz, öffnete ihr gewaltsam den Schnabel und stopfte den Stein hinein, so tief es ging. Die Gans wehrte sich heftig, kreischte und schlug mit den Flügeln. Das Getöse lockte meine Schwester aus dem Haus, die wissen wollte, was ich machte. Ihr Erscheinen lenkte mich einen Moment ab. Die Gans benutzte die Gelegenheit, befreite sich und flatterte zu den anderen zurück.
›Was machst du denn mit der Gans, Jem?‹ fragte meine Schwester. Ich antwortete: ›Du hast mir doch eine als Weihnachtsbraten versprochen, und da wollte ich sehen, welche die fetteste ist.‹
›Wir haben deine schon ausgesucht. Sie heißt bei uns nur Jems Vogel. Sie ist die schöne große, schneeweiße dahinten in der Ecke. Für uns selbst behalten wir natürlich auch eine, die anderen vierundzwanzig gehen auf den Markt.‹
Darauf sagte ich: ›Das ist wirklich lieb von dir, Maggie. Aber wenn's dir nichts ausmacht, dann würde ich lieber die haben, die mir gerade davongelaufen ist.‹
›Aber die, die wir für dich ausgesucht haben, ist doch drei Pfund schwerer und außerdem extra für dich gemästet.‹

›Sei mir bitte nicht böse. Ich möchte doch lieber die andere. Und ich will sie gleich mitnehmen.‹
›Na schön, wie du willst‹, sagte sie ein bißchen verärgert. ›Welche ist es denn?‹
›Dort in der Mitte, die weiße mit dem schwarzen Streifen im Schwanz.‹
›Ja, ich sehe sie. Du kannst sie dir selbst schlachten.‹
Kurz darauf war ich mit meiner Gans auf dem Weg nach Kilburn. Als ich Moudsley, der für solche Geschichten immer zu haben ist, erzählte, wie ich das Juwel transportiert hatte, lachte er sich halbtot. Dann schnitten wir die Gans auf und – fanden nicht die Spur von meinem Stein. Irgend etwas war ganz schrecklich schiefgegangen. Mir blieb fast das Herz stehen. Ich ließ Gans Gans sein, raste zurück zu meiner Schwester und in den Hof. Doch da war keine einzige Gans mehr zu sehen.
Ich fragte Maggie, wo denn die Gänse seien. Ihre Antwort war: ›Verkauft‹.
›An wen?‹
›Breckinridge, in Covent Garden.‹
›Hattest du noch eine zweite Gans mit einem schwarzen Streifen?‹ vergewisserte ich mich.
›Ja, Jem. Wir hatten zwei, ich konnte sie nie auseinanderhalten.‹
Da war mir natürlich alles klar. Mein nächster Weg ging zu Breckinridge. Aber er hatte die ganze Partie verkauft und weigerte sich, mir zu sagen an wen. Sie haben es ja vorhin selber gehört. Ich war schon mal bei ihm gewesen, da hat er sich genauso stur gestellt. Meine Schwester hält mich wegen des Theaters um diese Gans für halbwegs verrückt. Manchmal glaub' ich's selber. Und jetzt, jetzt bin ich ein Dieb, mein Leben lang gezeichnet und habe dabei noch nicht einmal ein Zipfelchen des Reichtums erlangt, für den ich meine Seele verkauft habe. Mein Gott, mein Gott!« Er barg das Gesicht in den Händen und schluchzte krampfhaft.
Lange hörte man im Zimmer nur sein schweres Atmen, begleitet

vom nervösen Trommeln der Finger des Meisterdetektivs auf der Tischplatte. Schließlich stand mein Freund auf, öffnete die Tür und sagte: »Hinaus!«
»Was, Sir? Der Himmel segne Sie!«
›Hinaus, und kein Wort mehr!‹
Es waren auch keine Worte mehr nötig. Ryder sprang auf, lief zur Tür hinaus und die Treppe hinunter. Die Haustür fiel mit lautem Knall ins Schloß, und dann hörte man seine Schritte auf der Straße verklingen.
»Schließlich und endlich, Watson«, sagte Holmes und langte nach seiner Tonpfeife, »bin ich nicht von der Polizei angestellt, um ihre Fehler auszubügeln. Es wäre etwas anderes, bestünde eine Gefahr für Horner. Aber, wenn der Hauptbelastungszeuge fehlt, muß die Anklage zusammenbrechen. Man mag mir mit einem gewissen Recht Begünstigung eines Verbrechers vorwerfen. Aber andererseits bewahre ich damit vielleicht einen Menschen vor dem völligen Abgleiten. Ich glaube nicht, daß der Bursche noch einmal straffällig wird, dafür ist ihm die Sache zu sehr in die Glieder gefahren. Außerdem feiern wir in diesen Tagen ja das Fest der Liebe und Vergebung. Durch Zufall sind wir an einen ganz eigenen, fast verrückten Fall geraten. Unser Lohn liegt in seiner Aufklärung.
Bitte seien Sie so lieb und betätigen die Glocke, damit wir uns an die Untersuchung der nächsten Vögel machen.«

Die fünf Orangenkerne

Wenn ich meine Notizen aus den Jahren 1882 bis 1890 durchblättere, finde ich viele hochinteressante Fälle meines Freundes verzeichnet. Einer davon ist mir besonders lebhaft im Gedächtnis geblieben.
Es war Ende September. Ein besonders heftiger Herbststurm brauste übers Land. Sogar hier im Herzen Londons, wo sich der Mensch vor den Elementargewalten sicher glaubt, war er zu spüren. Der Wind pfiff und heulte, wahre Sturzbäche von Regen prasselten gegen die Fenster. Zum Abend hin nahm der Sturm an Heftigkeit noch zu. Sein Pfeifen und Heulen im Kamin klang wie das Schluchzen eines kleinen Kindes. Wir saßen beide vorm Kamin. Sherlock Holmes war mit seinen Aufzeichnungen beschäftigt. Ich las einen Roman von Clark Russel. Er spielte auf See. Da waren der Wind und der Regen draußen die rechte Begleitmusik, nahm ich sie doch, in meine Lektüre vertieft, bald für das Heulen des Sturmes und das Tosen der Meereswellen. Daß ich wieder einmal in der Baker Street, in der vertrauten Umgebung saß, kam daher, daß meine Frau bei einer Tante zu Besuch war.
Es schellte. »Nanu«, sagte ich aufblickend, »wer kommt denn da so spät in der Nacht. Erwarten Sie jemand, Holmes? Einen Freund?«
Seine Antwort war ein Knurren: »Mein einziger Freund sind Sie. Ansonsten können mir jegliche Besucher gestohlen bleiben.«
»Dann ist es sicher ein Klient.«
»Meinen Sie?« Bei der Aussicht auf einen neuen Fall wurde die düstere Miene meines Freundes gleich heller. »Müßte schon ein sehr dringender Fall sein. Es ist ja nicht nur spät, sondern auch ein Wet-

ter, bei dem man keinen Hund vor die Türe jagt. Dürfte wohl eher Besuch für Mrs. Hudson sein.«
Doch Sherlock Holmes' Vermutung war falsch. Man hörte jemand die Treppe heraufkommen, und dann klopfte es an die Tür. Holmes streckte seinen langen Arm aus und drehte die Lampe so, daß ihr Licht voll auf den Besucherstuhl fiel. Dann rief er: »Herein!«
Der späte Besucher war ein gut gekleideter und gut aussehender junger Mann von vielleicht 22 Jahren und offensichtlich aus gutem Hause. Sein Schirm und der Regenmantel troffen vor Nässe. Er blinzelte ins grelle Lampenlicht. Sein Gesicht war blaß. Ich hatte den Eindruck, als sei er sehr bedrückt.
»Entschuldigen Sie«, sagte er und setzte seinen goldenen Kneifer auf, »mein unangemeldetes Eindringen. Ich fürchte, ich bringe ein bißchen vom Unwetter draußen in Ihr behagliches Zimmer.«
»Geben Sie mir Schirm und Mantel«, sagte Holmes. »Ich hänge sie hier an den Haken, dann sind sie gleich trocken. Sie kommen aus dem Südwesten unseres Landes, wie ich sehe.«
»Ja, aus Horsham.«
»Die Mischung von Lehm und Kalk auf Ihren Schuhen ist typisch für diese Gegend.«
»Ich brauche Ihren Rat.«
»Den ich gern gebe.«
»Und Hilfe.«
»Die ich ebensogerne gewähre – obwohl es mir nicht immer möglich ist.«
»Man hat Sie mir sehr empfohlen, Mr. Holmes. Es war Major Prendergast. Sie hatten sich damals im Zusammenhang mit dem Skandal um den Tankerville Club seiner angenommen.«
»Ja, richtig, man hatte ihn beschuldigt, ein Falschspieler zu sein.«
»Major Prendergast sagte, Sie würden immer hinter alles kommen.«
»Da hat er zuviel behauptet.«
»Sie hätten noch nie den kürzeren gezogen.«
»Doch, dreimal gegen einen Mann und einmal gegen eine Frau.«

»Was ist das schon, verglichen mit Ihren vielen Erfolgen.«
»Ja, sonst war ich immer erfolgreich.«
»Und werden es sicher auch in meinem Fall sein.«
»Aber setzen Sie sich doch erst einmal, und dann erzählen Sie uns, worum es geht.«
»Mein Fall ist wirklich außergewöhnlich.«
»Das sind meine Fälle immer, junger Mann. Zu mir kommt man nämlich nur, wenn sonst kein anderer mehr Rat weiß.«
»Trotzdem bezweifle ich, Mr. Holmes, daß Sie schon mit Ereignissen befaßt waren, die so seltsam und unerklärlich sind, wie sie meine Familie betrafen.«
»Sie machen mich neugierig«, sagte Holmes. »Berichten Sie von Anfang an und beschränken Sie sich dabei auf das Wesentliche. Auf die Details können wir, soweit sie mir wichtig erscheinen, später eingehen.«
Der junge Mann rückte einen Stuhl zum Kamin, ließ sich nieder und streckte die nassen Füße in die wohltuende Wärme der lodernden Flammen.
»Ich heiße«, begann er, »John Openshaw. Ursprünglich hat, soweit ich sehe, der Fall nichts mit mir zu tun. Ich habe ihn sozusagen geerbt. Deshalb muß ich etwas weiter ausholen. Mein Großvater hatte zwei Söhne, Onkel Elias und meinen Vater Josef. Mein Vater besaß eine kleine Fabrik in Coventry. Er hat sie damals, als das Fahrrad erfunden wurde, erweitert, denn er besaß das sogenannte Openshawsche Patent des unzerbrechlichen Rades. Bald gingen die Geschäfte so gut, daß er die Fabrik verkaufen und bequem von seinem Vermögen leben konnte. Onkel Elias wanderte als junger Mann nach Amerika aus. Wie es heißt, hatte er eine Plantage in Florida, die einiges abwarf. Im amerikanischen Bürgerkrieg diente er auf der Seite der Südstaaten, zunächst unter Jackson und später unter Hood, der ihn zum Oberst beförderte. Nach Lees Kapitulation war Onkel Elias drei oder vier Jahre wieder auf seiner Plantage. 1869 oder 1870 kehrte er nach Europa zurück und erwarb einen kleinen Besitz in

der Grafschaft Sussex, nicht weit weg von Horsham. Von Amerika aber ging er weg, weil er die Politik der Republikaner und besonders die Negerbefreiung ablehnte.

Onkel Elias war ein Einzelgänger, der mit anderen Menschen nichts im Sinn hatte. Soweit ich weiß, hat er nie seinen Fuß nach Horsham in die Stadt gesetzt. Er war ein sehr reizbarer und temperamentvoller Mann, der sehr ausfallend werden konnte, wenn er sich ärgerte. Körperliche Bewegung verschaffte er sich im Garten am Haus und auf den paar Feldern, die zu seinem Besitz gehörten. Er brachte es allerdings auch fertig, wochenlang das Haus nicht zu verlassen. Sein Lieblingsgetränk war Brandy und Rauchen seine Leidenschaft. Aber immer allein, nie in Gesellschaft. Er wollte keine Freunde, duldete noch nicht einmal seinen Bruder, meinen Vater, bei sich. Mich mochte er. Als ich ihn 1878 kennenlernte, war ich 12 Jahre alt und er seit acht oder neun Jahren wieder in England. Er beschwatzte meinen Vater, mich zu ihm ziehen zu lassen. Und ich muß sagen, es ging mir nicht schlecht bei Onkel Elias. Wenn er guter Laune war, spielte er sogar mit mir Dame und Backgammon. Ich erledigte für ihn seine wenigen Geschäfte und hatte auch das Personal zu beaufsichtigen. Mit 16 Jahren war ich praktisch Alleinherrscher im Haus. Ich konnte schalten und walten, wie ich wollte, solang ich ihn nicht in seiner Ruhe störte. Selbstverständlich hatte ich auch volle Schlüsselgewalt, das heißt Zugang zu allen Räumen, mit Ausnahme einer Rumpelkammer unterm Dach. In die durfte weder ich noch sonst jemand. Die Tür war immer abgeschlossen. Wie oft habe ich durchs Schlüsselloch geschaut, ohne mehr zu sehen als irgendwelche Kisten und Kasten, also genau das, was eben in einer Rumpelkammer zu erwarten ist.

Eines Tages, es war im März 1883, lag auf dem Frühstückstisch ein Brief für Onkel Elias mit einer ausländischen Briefmarke. Das war eine kleine Sensation, weil er eigentlich nie Post bekam. Freunde, die ihm schreiben konnten, hatte er keine, und Rechnungen pflegten wir ausnahmslos bar zu bezahlen. Onkel kam, nahm den Brief,

studierte Umschlag und Briefmarke und murmelte: ›Aus Indien? In Pondicherry abgestempelt? Wer schreibt mir denn aus Indien?‹ Er riß den Umschlag auf: Heraus fielen fünf Orangenkerne und landeten auf seinem Teller. Ich mußte unwillkürlich lachen. Doch das Lachen verging mir, als ich sein Gesicht sah. Er war totenblaß geworden. Die Augen traten aus den Höhlen, der Mund war verzerrt, die Hände, die den Brief hielten, zitterten. Schließlich quetschte er kaum hörbar hervor: ›K.K.K. Oh, mein Gott, meine Sünden kommen über mich!‹
Ich erschrak fürchterlich und fragte: ›Was ist denn Onkel, was ist denn, Onkel Elias?‹
Ich glaube, er hat mich gar nicht richtig gehört. Er sagte irgend etwas mit ›Tod‹, stand auf und verschwand in seinem Zimmer. Ich aber saß da und zerbrach mir den Kopf. Der Briefumschlag gab weiter keinen Aufschluß. Ich fand lediglich auf der Innenseite der Klappe, unmittelbar über der Gummierung, drei mit roter Tinte geschriebene K. Das war außer den Orangenkernen alles, was der Brief enthielt. Ich konnte nicht begreifen, warum Onkel so fürchterlich erschrocken war. Ich ließ also Frühstück Frühstück sein und ging zu ihm hinauf. Doch er kam mir schon auf der Treppe entgegen. In der einen Hand hatte er einen rostigen Schlüssel – es muß der von der Rumpelkammer gewesen sein –, in der anderen einen Metallkasten, der aussah wie eine von diesen Geldkassetten. Er führte Selbstgespräche. Ich hörte nur: ›Und ich bin doch schlauer als sie, diese...‹ Es folgte ein ganz übler Fluch. Dann sah er mich: ›Sag Mary, sie soll in meinem Zimmer Feuer machen. Und schick jemand nach Horsham zum Notar. Er soll sofort kommen.‹
Ich tat, was er mir aufgetragen hatte. Als der Notar kam, forderte mich Onkel auf, mit nach oben in sein Zimmer zu kommen. Im Kamin brannte ein großes Feuer. Man sah am Rand der Glut eine Menge verkohltes Papier. Vor dem Kamin stand der Metallkasten; er war leer. Mir fiel auf, daß auf der Innenseite des Deckels wieder drei K standen, wie auf dem Briefumschlag.

›John‹, sagte mein Onkel, ›ich will mein Testament machen, und du sollst Zeuge sein. Es ist sehr kurz: Mein gesamtes Hab und Gut geht an meinen Bruder, deinen Vater. Ich bin sicher, daß er es an dich weitergeben wird. Ich hoffe und wünsche, daß du das Erbe in Frieden genießen kannst. Doch, sollte man es dir streitig machen, dann verzichte darauf, oder du stirbst. Es ist der beste und einzige Rat, den ich dir geben kann, denn ich weiß nicht, wie sich die Dinge entwickeln. Notar Fordham wird dir zeigen, wo du unterschreiben mußt.‹

Sowie die kurze Verfügung zu Papier gebracht war, unterschrieb ich, und der Notar nahm das Dokument an sich. Der Vorfall machte, wie Sie sich vorstellen können, großen Eindruck auf mich. Und obwohl ich lange hin und her überlegte, konnte ich mir keinerlei Reim darauf machen. Seit jenem Tag aber schien eine unbestimmte Drohung über dem Haus zu hängen. Wochen vergingen, und in unser Leben war längst wieder die tägliche Routine eingekehrt. Onkel aber war nicht mehr der alte. Er trank mehr als je zuvor und mied noch ängstlicher jegliche Art von Gesellschaft. Er kam so gut wie gar nicht mehr aus seinem Zimmer, in dem er sich neuerdings grundsätzlich einschloß. Von Zeit zu Zeit packte ihn eine Art Säuferwahn. Dann tobte er im Garten herum, einen Revolver in der Hand und schrie, daß er sich vor niemand und nichts in der Welt fürchte und sich ganz gewiß nicht wie ein Schaf werde abschlachten lassen, auch nicht von zehn Teufeln. Waren diese Anfälle vorüber, verbarrikadierte er sich wieder in seinem Zimmer, so als ob er sich insgeheim schrecklich fürchtete. Wenn ich ihn bei solchen Gelegenheiten sah, war er stets schweißnaß, als hätte man ihn gerade aus dem Wasser gezogen.

Nun, Mr. Holmes, ich will es kurz machen und Ihre Geduld nicht über Gebühr strapazieren. Eines Nachts hatte er wieder einen seiner Anfälle. Als er nicht zurückkam, gingen wir ihn suchen und fanden ihn mit dem Kopf in einem kleinen, halbwegs zugewachsenen Teich am Ende des Gartens. Da er keinerlei Verletzung aufwies und das

Wasser im Teich bestenfalls 60 cm tief ist, lautete der Spruch der Geschworenen bei der Voruntersuchung auf im Vollrausch selbstverschuldeten Unfall mit Todesfolge. Mich hat dieses Urteil nie überzeugt, denn mochte Onkel noch so viel getrunken haben, er zeigte nie irgendein Schwanken und stand immer fest auf beiden Beinen.
Nun, wie dem auch sei, mein Vater erbte somit Haus und Grundstück und dazu 14000 Pfund auf der Bank.«
»Moment«, unterbrach ihn Holmes, »wann kam der Brief, und wann starb Ihr Onkel?«
»Der Brief kam am 10. März, und sieben Wochen später, in der Nacht des 2. Mai, starb Onkel Elias.«
»Danke. Fahren Sie fort.«
»Mein Vater und ich haben dann auf meinen Wunsch hin gleich die bis dato unzugängliche Rumpelkammer genauestens inspiziert. Wir fanden auch den Blechkasten. Er enthielt nur noch eine Art Verzeichnis, das auf die Deckelinnenseite geklebt war. Wahrscheinlich handelte es sich um das Verzeichnis der Papiere, die mein Onkel verbrannt hatte. Oben drüber stand dreimal das große K und darunter ›Briefe, Berichte, Quittungen, Register‹. Wir fanden in der Kammer noch eine Menge mehr Papiere und Bücher aus Onkel Elias' Zeit in Amerika. Viele stammten aus den Tagen des Krieges und zeigten, daß er ein guter Soldat gewesen war. In den Nachkriegsjahren hatte er sich offensichtlich stark politisch engagiert. Er scheint sich besonders gegen die Politiker aus den Nordstaaten gewandt zu haben, die nach dem Krieg in den Süden kamen, um sich hier die Taschen zu füllen.
Im Januar 1884 zog mein Vater nach Horsham. Das Jahr verging ohne besondere Ereignisse. Im Januar 1885, um genau zu sein, es war der 4. Januar, wir saßen gerade beim Frühstück, hörte ich meinen Vater ganz überrascht ›hoppla‹ sagen. Und als ich aufblickte, sah ich ihn dasitzen, in der einen Hand einen Brief, den er offensichtlich gerade geöffnet hatte, und auf der geöffneten anderen fünf

getrocknete Orangenkerne. Er hatte mich immer ausgelacht, wenn ich das, wie er es nannte, ›Märchen‹ von Onkel Elias' Tod erzählte. Jetzt, da ihm dasselbe passierte, machte er ein ganz schön dummes Gesicht und sagte kopfschüttelnd: ›Hast du eine Ahnung, John, was das bedeuten soll?‹

Mir schwante nichts Gutes, und so fragte ich: ›Stehen da drei K?‹
Vater untersuchte den Umschlag: ›Tatsächlich, woher wußtest du das? Aber da steht ja noch etwas!‹

Ich war zu ihm getreten und schaute ihm über die Schulter: ›Leg die Papiere in den Gartenpavillon.‹

›Papiere, was für Papiere?‹ überlegte er laut.

›Das müssen die Dokumente aus der Blechkiste mit den drei K sein. Du weißt doch, die, die Onkel Elias verbrannt hat‹, sagte ich.

Darauf mein Vater: ›Das kann doch wohl nur ein Scherz sein. Schließlich leben wir in einem zivilisierten Land.‹ Aber ich merkte, daß ihm nicht so ganz wohl in seiner Haut war. ›Woher kommt der Fetzen eigentlich?‹ fuhr er fort. ›Ah, aus Dundee. Aber, das ist doch albern, was gehen mich irgendwelche Papiere an? Das kann man mit mir doch nicht machen, mit mir nicht! Ich denke nicht daran, einen solchen Blödsinn mitzumachen.‹

›Vater‹, sagte ich, ›solltest du nicht lieber zur Polizei gehen?‹

›Und mich auslachen lassen? Kommt überhaupt nicht in Frage!‹

›Dann laß mich gehen!‹

›Nein, ich verbiete es dir. Ich bin nicht bereit, diesen Unsinn in irgendeiner Weise ernst zu nehmen.‹

Wenn sich mein Vater erst einmal etwas in den Kopf gesetzt hatte, war es vergebliche Liebesmühe, ihn davon abbringen zu wollen. Aber ich hatte kein gutes Gefühl bei der Sache. Drei Tage später besuchte mein Vater einen alten Freund, einen Major Freebody, der in Portsdown Hill stationiert ist. Mir war das ganz recht, denn ich glaubte ihn bei seinem Freund weniger in Gefahr als zu Hause. Doch das sollte ein Irrtum sein. Mein Vater war gerade zwei Tage weg, da erhielt ich ein Telegramm vom Major mit der dringenden

Aufforderung, sofort zu kommen. Mein Vater war in einen der in dieser Gegend zahlreichen Schächte gestürzt und lag ohne Bewußtsein mit einem Schädelbruch im Krankenhaus. Ich eilte natürlich sofort zu ihm, konnte aber nichts mehr tun. Er starb, ohne noch einmal das Bewußtsein zu erlangen. Die offizielle Untersuchung ergab, daß er, des Weges unkundig, im Dunkeln in den nicht gesicherten Schacht gestürzt sein mußte. Sein Tod war demnach ein Unfall. Auch ich, der ich alle Angaben sorgfältig überprüfte, fand keinerlei Anzeichen dafür, daß er ermordet worden wäre. Alle Verletzungen rührten vom Sturz her, es gab keinerlei Fußspuren, von seinen Sachen fehlte nichts, und man hatte auch keine verdächtigen Fremden in der Gegend gesehen. Und trotzdem, ich bin ganz sicher, daß er umgebracht worden ist.
Damit war nun also ich im Besitz von Onkel Elias' Hinterlassenschaft. Vielleicht fragen Sie sich jetzt, warum ich nicht alles verkauft habe. Nun, ich bin der festen Überzeugung, daß die geschilderten Ereignisse irgend etwas mit Onkel Elias' Vergangenheit zu tun haben und daß ich der Gefahr auch nicht durch einen Ortswechsel entgehe.
Mein armer Vater starb, wie gesagt, im Januar 1885. In den zwei Jahren und acht Monaten, die seitdem vergangen sind, verlief mein Leben in Horsham friedlich und ungestört. Ich fing schon an zu hoffen, daß der, lassen Sie mich's als Fluch bezeichnen, von unserer Familie genommen war. Aber ich hatte mich zu früh gefreut. Gestern morgen schlug das verhängnisvolle Schicksal wieder zu, und wieder auf die gleiche Weise wie bei Vater und bei Onkel.«
Der junge Mann zog aus der Westentasche einen zerknitterten Briefumschlag, stand auf, ging zum Tisch und schüttete fünf kleine getrocknete Apfelsinenkerne heraus.
»Es ist der gleiche Briefumschlag, diesmal abgestempelt in East London. Auf der Innenseite der Verschlußklappe stehen wieder die drei K und auf dem inliegenden Zettel die Aufforderung, die Papiere im Gartenpavillon zu hinterlegen.«

»Und, haben Sie's getan?« fragte Holmes.
»Nein!«
»Warum nicht?«
»Um die Wahrheit zu sagen ...«, er senkte den Kopf und drehte verlegen die schlanken weißen Hände im Schoß, »es ist doch völlig sinnlos. Ich komme mir vor wie das vielzitierte Kaninchen vor der Schlange. Ich habe das Gefühl, daß nichts, was ich tue oder lasse, mein vorherbestimmtes Schicksal abwenden kann.«
»Unsinn!« fuhr Sherlock Holmes auf, »verloren sind Sie nur, wenn Sie nichts tun. Sie müssen handeln. Mutlosigkeit ist das Schlimmste, was Sie sich leisten können.«
»Ich war bei der Polizei.«
»Und?«
»Man hat sich meine Geschichte mit einem Lächeln angehört. Der Inspektor hält die Briefe für einen schlechten Scherz und Onkels und Vaters Tod für Unglücksfälle, genauso wie es die Untersuchungsrichter festgestellt hatten. Er sieht keinerlei Zusammenhang mit den Briefen.«
»Dieser unfähige Einfaltspinsel!« Holmes schüttelte ungeduldig den Kopf.
»Immerhin hat man einen Polizisten zu meinem Schutz abgestellt.«
»Ist er mit hierhergekommen?«
»Nein. Er hat Anweisung, im Haus zu bleiben.«
Sherlock Holmes machte eine abfällige Handbewegung. »Warum sind Sie bloß nicht gleich zu mir gekommen!«
»Wie denn? Major Prendergast hat mir doch erst heute von Ihnen erzählt.«
»Damit sind zwei Tage ungenutzt verstrichen. Zwei Tage! Das muß man sich mal vorstellen. Gibt es sonst noch etwas, was Sie uns erzählen sollten? Jede Kleinigkeit kann wichtig sein.«
»Doch«, sagte der junge Mann. Er kramte in seinen Taschen und fischte schließlich ein Blatt bläuliches Papier heraus. »Sehen Sie, dieses Papier hier fand ich im Flur vor Onkels Zimmer, an dem Tag,

an dem er die Dokumente verbrannte. Es muß aus der Blechkiste herausgefallen sein. Jedenfalls hatten die wenigen unverbrannten Papierfitzel im Kamin dieselbe Farbe. Es sind zwar Orangenkerne darauf erwähnt, aber ich wüßte nicht, wie uns das Blatt sonst weiterhelfen sollte. Ich halte es für eine Seite aus einem Tagebuch. Die Schrift jedenfalls ist die meines Onkels.«

Holmes und ich beugten uns gespannt über das Blatt, das der junge Mann auf den Tisch gelegt hatte. Der ausgefranste Rand zeigte, daß es tatsächlich aus einem Buch herausgerissen war. Oben auf der Seite stand März 1869, und darunter fanden sich die folgenden rätselhaften Eintragungen:

4. Hudson gekommen. Gleicher Ort
7. Orangenkerne an McCauley, Paramore und Swain in St. Augustin
9. McCauley erl.
10. John Swain erl.
12. bei Paramore, alles ok

»Danke«, sagte Holmes, faltete das Papier wieder zusammen und gab es zurück. »Es ist kein Augenblick mehr zu verlieren. Wir haben noch nicht einmal Zeit, um uns über Ihre Geschichte zu unterhalten. Sie gehen jetzt schnellstens nach Hause.«

»Ja?«

»Und stecken das Blatt, das Sie uns gerade gezeigt haben, in den Blechkasten. Dann legen Sie einen zweiten Zettel dazu, auf dem Sie vermerken, daß Ihr Onkel alle anderen Papiere und Dokumente verbrannt hat. Fassen Sie diese Mitteilung unter allen Umständen so ab, daß man Ihnen auch glaubt. Und dann bringen Sie den Blechkasten sofort in den Pavillon. Ist das klar?«

»Vollkommen!«

»Unternehmen Sie sonst nichts. Der Tod Ihres Vaters und Onkels wird gesühnt werden – vom Gesetz, da bin ich ganz sicher. Allerdings müssen wir unser Netz noch weben, während das Ihrer Gegner schon ausgelegt ist. Sie befinden sich in höchster Gefahr, Mr. Openshaw, und das Wichtigste ist, dieser Gefahr zu begegnen. Danach werde ich die Sache aufklären und die Schuldigen ihrer gerechten Bestrafung zuführen.«

»Ich bin Ihnen ja so dankbar, Mr. Holmes«, sagte der junge Mann. Er erhob sich und schlüpfte in seinen Regenmantel. »Jetzt ist mir leichter ums Herz. Sie können sich darauf verlassen, daß ich Punkt für Punkt das tue, was Sie gesagt haben.«

»Nochmals: Verlieren Sie keine Minute, und geben Sie gut auf sich acht. Die Gefahr, die Ihnen droht, ist ganz real und sehr nahe. – Wie kommen Sie nach Hause?«

»Vom Waterloo-Bahnhof mit dem Zug.«

»Hm. Es ist kurz vor 9.00 Uhr, und die Straßen sind noch recht belebt. Da sollte Ihnen nicht viel passieren können. Aber geben Sie trotzdem Obacht.«

»Ich bin bewaffnet.«

»Sehr gut. Ich nehme sofort morgen früh Ihren Fall in Angriff.«

»Sie kommen nach Horsham?«

»Nein. Das Geheimnis läßt sich nur in London lüften.«

»Schön. Sie hören dann von mir, was aus dem Blechkasten und den Papieren geworden ist.«

Er gab uns die Hand und ging. Draußen tobte noch immer der Sturm, und Regenfluten schlugen gegen die Fenster. Es schien, als wäre die unglaubliche Geschichte ein Teil des Bösen, das da draußen in wilder Wut tobte.

Lange saß Holmes, das Haupt nachdenklich gesenkt, da und starrte in die Glut. Schließlich zündete er die Pfeife an, lehnte sich bequem im Sessel zurück und schaute den Rauchringen nach, die zur Decke schwebten.

Schließlich sagte er: »Wir haben noch selten so einen unglaublichen Fall gehabt.«

»Ja. Am ehesten wird man ihn noch mit dem ›Das Zeichen der Vier‹ vergleichen können.«

»Da ist was dran. Allerdings scheint mir John Openshaw in weit größerer Gefahr als damals die Sholtos*.«

»Haben Sie denn schon eine Vorstellung, Holmes, was ihn bedroht?«

»Ich weiß es sogar ganz genau.«

»Da bin ich gespannt. Und wer ist dieser K. K. K., der die Familie Openshaw zu verfolgen scheint?«

Holmes schloß die Augen, stützte die Ellbogen auf die Armlehnen seines Stuhls und legte die Fingerspitzen gegeneinander. Schließlich sagte er: »Wissen Sie, Watson, man muß nur logisch denken können und Schlußfolgerungen ziehen. Kann man das, wird man aus einem Ereignis, das man umfassend, das heißt mit allen Details, kennt, nicht nur die Kette der Ereignisse ableiten können, die dazu geführt haben, sondern auch folgern, was alles sich aus diesem Ereignis ergibt. Denken Sie an Cuvier, der aus einem einzigen Knochen das ganze Tier richtig ableitete. Ähnlich verfährt der logische Denker. Er hat es mit einer Kette von Vorfällen zu tun. Hat er erst ein Glied verstanden, kann er alle vorangegangenen und folgenden Glieder dieser Kette beschreiben. Ich kann nur immer wieder betonen, wie wichtig es ist, seinen Verstand einzusetzen. Mit seiner Hilfe löse ich Fälle, an denen andere verzweifeln, weil sie nicht mehr gebrauchen als ihre fünf Sinne. Allerdings gehört zu dieser Arbeitsweise, gehört zum logischen Denken, daß man alle Fakten richtig bewertet, was wiederum eine breite Wissensbasis voraussetzt. Nur dann wird man auf diesem Arbeitsgebiet zum Künstler. Dieses Wissen erwirbt man auch in unseren Tagen, wo Bildung jedermann frei zugänglich ist, nur durch besondere Anstrengung. Was nicht heißt, daß es unmöglich wäre. Ich beispielsweise verfüge durchaus über die ganze für meine Arbeit nötige Wissensbasis. Insofern bin ich ein Spezialist –

---

* Den Fall Sholto beschreibt Watson unter dem Titel *Das Zeichen der Vier,* erschienen im Franckh Verlag, Stuttgart.

mit Grenzen, die Sie, wenn ich mich recht erinnere, zu Anfang unserer Freundschaft auch einmal recht deutlich genannt haben.«*
»Allerdings!« ich lachte. »Ich erinnere mich noch ganz gut an dieses ›einzigartige‹ Dokument. Da hieß es: Kenntnisse in Literatur, Philosophie und Astronomie gleich null. Politik: nicht viel besser. Botanik: sehr speziell. Geologie: eingehende Kenntnisse aller Arten von Erde im Umkreis von acht Kilometern um London. Chemie: ausgezeichnet. Anatomie: sehr gut, aber lückenhaft. Geschichte des Verbrechens: unübertroffen gut. Violinspieler, Boxer, Fechter, Advokat und Tabakkonsument bis zur Selbstzerstörung. Dem wüßte ich auch heute nichts Neues hinzuzufügen.«
Bei der Erwähnung seiner mir verhaßten Leidenschaft für das braune Kraut grinste Holmes. »Für mich gilt immer noch, daß man sich den Kopf nicht mit unnützem Zeug vollstopfen soll und daß in den ›Verstandeskasten‹ nur das gehört, was man für seinen Beruf braucht. Für alles andere hat man eine Bibliothek. Sie wird uns sicher im aktuellen Fall mit den ergänzenden Informationen versorgen, soweit wir sie zu seiner Klärung benötigen. Geben Sie mir doch bitte liebenswürdigerweise vom Regal hinter Ihnen vom Konversationslexikon den Band mit dem Buchstaben K. Danke.
Überlegen wir zunächst einmal, was wir wissen und was sich daraus folgern läßt. Zuallererst dürfen wir als sicher voraussetzen, daß Oberst Openshaw gewichtige Gründe gehabt haben muß, von Amerika wegzugehen. Ein Mann in seinem Alter ändert nicht freiwillig alle Gewohnheiten und vertauscht so ohne weiteres Florida und sein paradiesisches Klima mit der Einsamkeit eines englischen Provinznestes. Der Oberst meidet jeden Kontakt mit anderen Menschen, was die Vermutung nahelegt, daß er sich vor irgend jemand oder irgend etwas gefürchtet hat. Wir dürfen demnach als Arbeitshypothese davon ausgehen, daß das der Grund war, weshalb er von

---

* Sherlock Holmes spielt hier auf Ereignisse an, die Dr. Watson in dem Buch *Die späte Rache* schildert, erschienen im Franckh Verlag, Stuttgart.

Amerika fortging. Was er fürchtete, können uns allenfalls die folgenreichen Briefe verraten, die er, sein Bruder und jetzt John Openshaw erhielten. Wo waren sie doch noch aufgegeben?«
»Der erste in Pondicherry, der zweite in Dundee und der dritte in London.«
»East London«, verbesserte er mich. »Was folgern Sie daraus?«
»Alle drei sind Hafenstädte. Der Briefschreiber befand sich auf einem Schiff.«
»Ausgezeichnet. Damit haben wir einen ersten Schlüssel. Es spricht alles dafür, daß die Briefe auf einem Schiff geschrieben wurden. Und jetzt überlegen wir weiter. Der erste Brief wurde in Pondicherry aufgegeben, und zwischen Drohung und ihrer Erfüllung vergingen sieben Wochen. Beim zweiten Brief aus Dundee waren es nur noch vier Tage. Was läßt sich daraus entnehmen?«
»Der Reiseweg war länger.«
»Das gilt für beide, Brief und Mörder.«
»Dann weiß ich's auch nicht.«
»Es gibt nur eine Erklärung dafür: Der oder die Verbrecher waren auf einem Segelschiff unterwegs. Den Brief aber gaben sie jedesmal vor Reiseantritt auf. Nicht umsonst geschah der zweite Mord nur wenige Tage nach Abgang des Briefes in Dundee. Hätten die Verbrecher einen Dampfer für die Reise genommen, wären sie praktisch gleichzeitig mit dem Brief angekommen. Wir wissen aber, daß der Zeitunterschied sieben Wochen betrug, genau die sieben Wochen, die ein Segelschiff länger braucht als der Postdampfer.«
»Das hat was für sich.«
»Mehr, das ist sicher. Deshalb muß man davon ausgehen, daß sich John Openshaw in allerhöchster Gefahr befindet, was ich ihm ja auch gesagt habe. Der oder die Täter begingen ihren Mord jedesmal unmittelbar nach ihrer Ankunft. Diesmal wurde der Brief in East London aufgegeben, also war höchste Eile geboten.«
»Um Himmels willen«, entfuhr es mir. »Aber warum hat man es bloß auf diese Familie abgesehen?«

»Es kann nur so sein, daß die Papiere, die Elias Openshaw besaß, für den oder die Verbrecher von größter Wichtigkeit sind und unter keinen Umständen in die falschen Hände geraten dürfen. Ich bin überzeugt, daß die Morde nicht das Werk eines einzelnen sind. Ein Mann allein kann unmöglich zwei Morde so arrangieren, daß sie jeder Staatsanwalt für Unfälle hält. Dazu braucht man mehrere Personen, die über die entsprechenden Hilfsmittel verfügen, und eine straffe Organisation. Diese Organisation ist entschlossen, die Papiere um jeden Preis zurückzubekommen. Es dürfte sich also bei den drei K sicher nicht um die Anfangsbuchstaben eines Namens handeln, sondern um das Kennzeichen einer ›Gesellschaft‹.«
»Was denn für eine Gesellschaft?«
»Haben Sie«, Holmes beugte sich zu mir und senkte die Stimme, »noch nie etwas vom Ku-Klux-Klan gehört?«
»Nein, nie.«
Holmes blätterte in dem Buch auf seinen Knien. »Da haben wir's ja: ›Ku-Klux-Klan. Lautmalender Name, der das Spannen eines Büchsenhahnes nachahmt. Bezeichnung eines gefürchteten Geheimbundes, gegründet nach dem Bürgerkrieg von ehemaligen Soldaten der Südstaaten. Der Geheimbund verbreitete sich sehr schnell, vor allem in den Staaten Tennessee, Louisiana, Carolina, Georgia und Florida. Der Geheimbund hatte politische Ziele und terrorisierte vor allem Anhänger der Negerbefreiung. Wer sich widersetzte, wurde ermordet oder aus dem Land getrieben. Seinen Opfern ließ der Ku-Klux-Klan Warnungen zukommen, deren Bedeutung allgemein bekannt war. In manchen Gegenden galt als Warnung ein Eichenzweig, in anderen waren es Melonen- oder Apfelsinenkerne. Wer derartiges erhielt, hatte nur die Möglichkeit zu fliehen, oder er mußte seine politische Meinung ändern. Wer sich widersetzte, kam unweigerlich auf irgendeine überraschende Art und Weise ums Leben. Der Geheimbund war bestens organisiert und hatte überallhin Verbindungen. Man weiß von kaum einem Fall, daß ein Opfer entkam oder daß die Mörder gefaßt wurden. Eine Reihe von Jahren

nahm der Ku-Klux-Klan, ungeachtet aller Bemühungen der Regierung und politisch verantwortlicher Kreise in den Südstaaten, ihn zurückzudrängen, stark zu. 1869 brach er plötzlich zusammen. Dennoch kam es auch danach noch vereinzelt zu Gewalttaten in seinem Namen.‹ Ich weiß nicht, Watson, ob Ihnen aufgefallen ist, daß der Geheimbund genau in dem Jahr seine Bedeutung verlor, in dem Elias Openshaw mit den Papieren aus Amerika verschwand. Möglicherweise gibt es da gewisse Zusammenhänge, und die hartnäckige Verfolgung der Familie hängt damit zusammen. Man muß sich einmal vorzustellen versuchen, was eine Veröffentlichung des Materials für eine Reihe hochgestellter Persönlichkeiten in den Südstaaten bedeuten könnte. Es ist verständlich, daß diese Leute nicht ruhen werden, bis sie die Dokumente wiedererlangt haben. Um so wichtiger ist es, sie von deren Vernichtung zu überzeugen.«
»Dann war also das Blatt aus dem Notizbuch, das uns John Openshaw zu lesen gab…«
»Ein Geheimdokument des Ku-Klux-Klan. Sie erinnern sich, daß drei Leuten Orangenkerne geschickt wurden. Bei zweien hieß es ›erledigt‹, was bedeuten mag, daß die Männer sich den Forderungen des Ku-Klux-Klan gefügt haben oder fortgingen. Dem dritten Mann stattete man einen Besuch ab, mit einem, wie ich fürchte, recht unerfreulichen Ergebnis. Nun, Doktor, wir werden Licht in diese finstere Angelegenheit bringen. Der junge Mann aber hat nur dann eine Chance, wenn er genau das tut, was ich ihm geraten habe. Heute nacht können wir nichts mehr unternehmen. Reichen Sie mir bitte meine Violine. Wir wollen versuchen, das schlechte Wetter und die Schlechtigkeit mancher Mitmenschen in der Musik zu vergessen.«
Am nächsten Morgen war der Himmel klar. Doch über der großen Stadt lag wie fast immer ein leichter Dunstschleier und dämpfte die strahlende Sonne. Sherlock Holmes war schon beim Frühstücken, als ich ins Wohnzimmer kam.
»Seien Sie mir nicht böse«, bat er, »daß ich schon angefangen habe.

Aber Sie wissen ja, es geht um den jungen Openshaw, und da ist jede Minute kostbar. Der Tag wird hart.«
»Was haben Sie vor?« fragte ich.
»Das hängt ganz davon ab, was meine ersten Nachforschungen ergeben. Möglicherweise muß ich doch noch nach Horsham.«
»Eigentlich habe ich erwartet, daß das Ihr erster Schritt sein wird.«
»Nein. Wie ich schon gestern abend bemerkte, liegt die Lösung des Falls in London. Aber vielleicht sollten Sie jetzt die Klingel betätigen, damit Ihr Kaffee kommt.«
Ich nahm die Morgenzeitung und überflog die Schlagzeilen. Da blieb mein Blick an dem Namen Openshaw hängen. Ich schaute genauer hin und rief: »Holmes, zu spät!«
»Oh, das darf doch nicht wahr sein! Wie ist es denn passiert?«
Es war ein Schock für Sherlock Holmes, das konnte ich genau sehen. Die Schlagzeile lautete:
›Tragödie bei der Waterloobrücke.‹ Und dann hieß es weiter: ›Heute nacht zwischen 9.00 und 10.00 Uhr hörte Wachtmeister Cook vom Revier bei der Waterloobrücke laute Hilferufe und dann ein Platschen. Er eilte, zusammen mit einigen Passanten, die die Hilferufe auch gehört hatten, zum Fluß. Doch bei dem starken Sturm und der extremen Dunkelheit war weder etwas zu sehen noch eine Rettungsaktion möglich. Dennoch alarmierte Wachtmeister Cook die Wasserpolizei, die sofort die Suche aufnahm und schließlich den Leichnam eines jungen Mannes aus dem Wasser barg. Er trug einen Briefumschlag in der Tasche, der ihn als John Openshaw aus Horsham auswies. Man nimmt an, daß er zum Waterloo-Bahnhof wollte, in der Finsternis den Weg verfehlte und, da die Anlegestelle in keiner Weise gesichert ist, in den Fluß stürzte. Zeichen von Gewaltanwendung fanden sich keine. Mit an Sicherheit grenzender Wahrscheinlichkeit handelt es sich um einen Unfall. Er zeigt einmal mehr die dringende Notwendigkeit einer ausreichenden Beleuchtung aller öffentlichen Wege und Plätze. Dies sei unseren Behörden ins Stammbuch geschrieben.‹

Minutenlang herrschte Schweigen. So betroffen hatte ich Holmes noch nie erlebt. Schließlich sagte er: »Das trifft meinen Stolz zutiefst. Es ist beschämend, ich weiß, aber zuallererst geht mir das gegen meine Ehre. Dadurch wird der Fall zu meiner ganz persönlichen Sache. Dieser Bande werde ich das Handwerk legen, und wenn es das letzte ist, was ich tue. Kommt zu mir, erwartet Hilfe, und ich schicke ihn in den Tod.«

Holmes sprang auf und lief erregt im Zimmer auf und ab. In dem blassen Gesicht brannten rote Flecken, und die schmalen Hände öffneten und schlossen sich krampfhaft.

»Eine solche Teufelei ist mir noch selten begegnet!« zischte er. »Diese ausgekochten Teufel! Bringen es fertig, ihn ans Ufer zu locken, wo es nun ja wirklich nicht zum Bahnhof geht. Auf der Brücke waren sicher zu viele Leute für ihr Vorhaben, sogar bei solchem Wetter. Aber, Watson, wir werden schon sehen, wer zum Schluß den kürzeren zieht. Ich gehe jetzt fort!«

»Zur Polizei?«

»Nein, ich bin meine eigene Polizei. Wenn ich mein Netz ausgelegt habe, dann mag sie sich die Fische greifen, aber erst dann.«

Ich ging den ganzen Tag über meinen ärztlichen Pflichten nach und kam erst spät am Abend in die Baker Street zurück. Sherlock Holmes war noch nicht wieder da. Er kam erst gegen 10.00 Uhr, sehr blaß und müde. Sein erster Weg war zum Buffet, auf dem ein Laib Brot lag. Davon schnitt er sich eine Scheibe ab und verzehrte sie heißhungrig, wobei er die Bissen mit Wasser hinunterspülte.

»So hungrig, Holmes?« sagte ich.

»Völlig ausgehungert. Hatte vor lauter Geschäft ganz das Essen vergessen. Hab' seit dem Frühstück keinen Bissen zu mir genommen.«

»Gar nichts?«

»Absolut nichts!«

»Hatten Sie wenigstens Erfolg?«

»Hatte ich.«

»Sie sind also den Kerlen auf der Spur?«
»Ich hab' sie so gut wie sicher. John Openshaws Tod wird nicht lange ungesühnt bleiben. Was halten Sie davon, Watson, wenn wir ihnen ihre eigenen Methoden zu schmecken geben?«
»Wie meinen Sie das?«
Statt einer Antwort nahm Holmes eine Orange vom Buffet, schnitt sie auf, pulte die Kerne heraus und steckte fünf davon in einen Umschlag. Innen auf die Verschlußklappe schrieb er: ›S.H. für J.C.‹ Dann verschloß er das Kuvert und adressierte den Brief an Kapitän James Calhoun, Barke Lone Star, Savannah, Georgia.
»Das soll ihn willkommen heißen, wenn er nach Hause kommt.« Holmes kicherte. »Es wird ihm einige schlaflose Nächte bereiten, genau wie Openshaw.«
»Wer ist denn dieser Kapitän Calhoun?«
»Der Anführer der Bande. Die anderen kriege ich auch. Aber er ist als erster dran.«
»Wie sind Sie ihnen auf die Spur gekommen?«
»Über Lloyds Schiffsregister und die Akten des Seefahrtsamtes. Danach legten 1883 im Januar und Februar 36 Segelschiffe in Pondicherry an. Darunter auch die Lone Star. Sie ist mit London als Heimathafen registriert. Aber als ›Lone Star‹ wird auch ein amerikanischer Bundesstaat bezeichnet.«
»Soweit ich weiß, ist das Texas.«
»Ich bin mir nicht ganz sicher. Jedenfalls konnte die Lone Star nur ein amerikanisches Schiff sein.«
»Und wie ging's weiter?«
»Dann habe ich mir die Schiffsbewegungen von Dundee angesehen. Tatsächlich hatte die Lone Star im Januar 1885 dort vor Anker gelegen. Das machte meinen Verdacht zur Gewißheit. Es war eigentlich nur noch eine Formsache festzustellen, ob das Schiff gegenwärtig im Londoner Hafen liegt.«
»Und?«
»Es lief letzte Woche ein. Ich ging also zum Albert-Dock, erfuhr

aber, daß das Schiff heute ausgelaufen ist und nach Savannah segelt. Ich schickte ein Telegramm nach Gravesend. Die Lone Star war schon seit einiger Zeit durch. Und bei den gegenwärtig guten östlichen Winden dürfte sie inzwischen schon die Isle of Wight erreicht haben.«

»Was jetzt?«

»Keine Sorge, die Schufte entkommen uns nicht. Die Besatzung des Schiffes besteht aus Finnen und Deutschen. Geborene Amerikaner sind nur der Kapitän und zwei Maate. Ich weiß auch vom Lademeister, der das Beladen überwachte, daß sie die vergangene Nacht nicht auf dem Schiff zugebracht haben. Wenn sie mit ihrem Segelschiff in Savannah ankommen, war das Postboot schon längst da, und dann genügt ein Kabel an die Polizei drüben, daß man die drei hier wegen mehrfachen Mordes sucht.«

Doch gelegentlich helfen die besten Pläne nichts: Die Mörder John Openshaws erhielten nie die fünf Orangenkerne und erfuhren so nie, daß sich einer an ihre Fersen geheftet hatte, der nicht weniger schlau und hartnäckig war als sie. Die Herbststürme waren in diesem Jahr besonders schwer und lang. Vergeblich warteten wir auf die Nachricht vom Eintreffen der Lone Star in Savannah. Schließlich kam die Nachricht, daß weit draußen im Atlantik das Wrack eines Rettungsbootes aufgefischt worden war, gekennzeichnet mit den Buchstaben L. S. Die Lone Star aber blieb für immer verschollen.

Der Mann, der auf allen vieren lief

Der Fall Presbury liegt nunmehr zwanzig Jahre zurück. Doch die Gerüchte, die seitdem in gebildeteren Kreisen Londons kursierten, wollten einfach nicht verstummen. So war Sherlock Holmes schon lange dafür gewesen, daß ich die wahren Fakten veröffentliche und daß damit dem Gerede ein für allemal ein Ende gemacht wird. Doch erst jetzt konnten sich die unmittelbar Betroffenen entschließen, diesem Vorhaben zuzustimmen. Es ist im übrigen wohl selbstverständlich, daß ich mich auch heute noch bei meiner Schilderung der Ereignisse einer gewissen Zurückhaltung befleißige. Der Fall Presbury war übrigens einer der letzten, die Holmes bearbeitete, bevor er sich vom ›Geschäft‹ zurückzog.

Eines Sonntagabends, Anfang September 1903, erhielt ich eine der üblichen kurzen Mitteilungen meines Freundes Holmes: »Ob Sie können oder nicht, erwarte Sie bei mir. S. H.«

Die Beziehungen zwischen uns waren in jenen fortgeschrittenen Tagen unserer Freundschaft von ganz eigener Art. Holmes hatte feste Gewohnheiten und bestimmte Vorlieben entwickelt. Und dazu zählte auch ich. Für ihn war ich eine jener Einrichtungen, die ganz selbstverständlich zu seinem Leben gehörten, wie seine Violine, der Tabak und die schwarzgebrannte Pfeife oder die vielen Bücher mit seinen Aufzeichnungen. Er brauchte mich als Kameraden, auf den er sich bei der Arbeit absolut verlassen konnte. Doch ich war noch mehr. Ich war der Wetzstein, an dem er seinen Verstand schärfte. Meine Gegenwart regte ihn zu lautem Denken an. Nicht daß das, was er sagte, an mich gerichtet gewesen wäre. Es konnte genausogut gegen die Wand gesprochen sein. Aber es förderte seinen Gedankenfluß, wenn da einer saß, zuhörte und Einwände vorbrachte. War das früher fast ein Spiel, so brauchte er mich jetzt dazu. Und je schwerfälliger mein Verstand arbeitete, desto brillanter wurden seine Geistesblitze.

Als ich in der Baker Street ins Wohnzimmer trat, saß er zusammengekauert in seinem Lehnstuhl, die Knie hochgezogen, die Pfeife im Mund und die Stirn grübelnd gefurcht. Offensichtlich schlug er sich mit einem schwierigen Problem herum. Mit einer Handbewegung bedeutete er mir, daß ich mich in meinen vertrauten Sessel setzen sollte. Und das blieb dann für eine halbe Stunde das einzige Anzeichen, daß er meine Gegenwart überhaupt wahrgenommen hatte. Schließlich tauchte er mit einem Ruck aus seiner Versenkung auf und hieß mich mit dem ihm eigenen, spitzbübischen Lächeln in meinem einstigen Heim willkommen.

»Sie müssen schon meine Geistesabwesenheit entschuldigen, lieber Watson. Aber man hat mir heute einige höchst seltsame Ereignisse zur Kenntnis gebracht. Sie haben mich zu Überlegungen allgemeinerer Art geführt. Ich denke ernsthaft daran, eine kurze Abhandlung über die Bedeutung des Hundes für die Arbeit des Detektivs zu schreiben.«

»Nun ja, Holmes, die ist so unbekannt ja wohl nicht. Man braucht Hunde zur Spurensuche...«

»Halt, halt, Watson! Nicht diesen ›Gebrauch‹ habe ich gemeint. Ihn kennt jedes Kind. Nein, man kann sich Hunde noch auf eine andere, sehr viel subtilere Weise für seine Arbeit nutzbar machen. Sie erinnern sich doch sicher noch an den Fall, den Sie in Ihrer üblichen, zu Übertreibungen neigenden Art ›Das Haus bei den Blutbuchen‹ genannt haben, obwohl die Blutbuchen ja nun wirklich nebensächlich waren. Damals konnte ich aus dem Charakter des Kindes auf die verbrecherischen Neigungen des so harmlos und gutbürgerlich wirkenden Vaters schließen.«

»Ja, ich erinnere mich gut.«

»Nun, was für Kinder gilt, gilt in gewisser Weise auch für Hunde.

Hund und Herr entsprechen einander. Haben Sie schon einmal einen fröhlichen Hund mit einem ständig Trübsal blasenden Herrn erlebt oder umgekehrt? Brummige Menschen haben brummige Hunde, und ist sein Herrchen bösartig, ist es der Hund auch. Hunde sind äußerst feinfühlig und passen sich Stimmungen an.«
Ich schüttelte zweifelnd den Kopf: »Jetzt übertreiben Sie aber doch, mein lieber Holmes.«
Ohne meinen Einwand zu beachten, stopfte er seine Pfeife neu und sank wieder in seinen Sessel zurück.
»In dem Fall, mit dem ich mich gerade beschäftige, gilt es, das, was ich gerade sagte, in die Praxis umzusetzen. Um ein Bild zu gebrauchen: Ich habe einen verfitzten Strang vor mir und suche nun das lose Ende, um ihn aufzudröseln. Und das lose Ende könnte beispielsweise die Antwort auf die Frage sein: Warum versucht Professor Presburys bisher friedlicher Schäferhund Roy, seinen Herrn zu beißen?«
Ich war enttäuscht. Wegen einer so lächerlichen Frage hatte ich meine Arbeit liegenlassen müssen?
Holmes schaute mich scharf an und sagte dann: »Der alte Watson, immer derselbe. Wann werden Sie endlich begreifen, daß die schwerwiegendsten Folgerungen von ganz kleinen Dingen abhängen? Sie kennen doch sicher Presbury, den bekannten Physiologen in Camford? Muß es einen nicht seltsam berühren, daß dieser Gelehrte, ein gesetzter Mann fortgeschrittenerer Alters, auf einmal von seinem bisher überaus anhänglichen Hund angegriffen wird, und das gleich mehrmals? Was sagen Sie zu so was?«
»Der Hund könnte krank sein.«
»Das liegt natürlich durchaus im Bereich des Möglichen. Aber das Tier greift ausschließlich seinen Herrn an, und das auch nur bei ganz besonderen Gelegenheiten. Eigenartig, Watson, nicht? Der junge Bennett kommt ein bißchen früh, sollte er es sein, der da gerade geläutet hat. Schade, ich hatte gehofft, mich etwas länger mit Ihnen unterhalten zu können, Watson.«

Man hörte rasche Schritte die Treppe heraufkommen, dann ein kurzes kräftiges Klopfen an der Tür, und Sekunden später stand unser neuer Klient im Zimmer. Es war ein gut aussehender, großgewachsener Mann von etwa 30 Jahren, gut und elegant gekleidet. Doch sein Auftreten verriet eher den unsicheren Studenten als den selbstbewußten Mann von Welt.
Er gab Holmes die Hand und sagte dann, erstaunt mich musternd:
»Was mich hierher führt, Mr. Holmes, ist einigermaßen delikat und wohl kaum für die Ohren Dritter bestimmt. Sie wissen doch, in welchem besonderen Verhältnis ich zu Professor Presbury stehe, beruflich und privat.«
»Beruhigen Sie sich, Mr. Bennett. Dr. Watson ist die Diskretion in Person, und er ist mein Assistent.«
»Nun gut, Mr. Holmes. Aber Sie verstehen wohl, daß ich sichergehen muß.«
»Auch Dr. Watson wird es verstehen, wenn ich ihm sage, daß Sie Mr. Trevor Bennett, der Assistent des großen Wissenschaftlers sind, unter seinem Dach wohnen und mit seiner einzigen Tochter verlobt sind. Das bedingt natürlich in jedem Fall eine besondere Treuepflicht, die Sie, Mr. Trevor, vortrefflich beweisen, indem Sie alle notwendigen Schritte unternehmen, um diese geheimnisvolle Geschichte aufzuklären.«
»Gewiß, Mr. Holmes, nur das will ich. Kennt Dr. Watson den Sachverhalt?«
»Ich bin noch nicht dazu gekommen, ihn zu informieren.«
»Dann sollte ich wohl, bevor ich auf die neueste Entwicklung eingehe, noch einmal schildern, wie alles angefangen hat.«
»Lassen Sie mich das tun«, bat Holmes. »So kann ich feststellen, ob mir die Ereignisse in der richtigen Reihenfolge gegenwärtig sind. Also, Watson, Professor Presbury genießt hohes Ansehen in ganz Europa. Sein ganzes Leben ist der Wissenschaft gewidmet und war noch nie auch nur vom Hauch eines Skandals gestreift. Er ist Witwer und hat nur eine Tochter, Edith. Man wird ihn wohl als sehr

charakterfesten, gelegentlich etwas streitsüchtigen Mann bezeichnen dürfen. Mindestens galt das bis vor ein paar Monaten. Dann kam es zu einem entscheidenden Einschnitt in seinem Leben. Obwohl schon 61 Jahre, verlobte er sich noch mit der Tochter eines Kollegen, des Anatomieprofessors Morphy. Allem Anschein nach war seine Werbung nicht die eines nüchternen älteren Mannes, sondern die eines verliebten Jünglings. Jedenfalls muß man das daraus schließen, wie er sie anhimmelt. Seine Vernarrtheit wird in gewisser Weise allenfalls dadurch entschuldigt, daß Alice Morphy körperlich wie geistig überaus anziehend sein muß. Allerdings, die Familie des Professors brachte für seine späten Frühlingsgefühle nicht so ganz die rechte Begeisterung auf.«
»Wir finden nur, daß er ein bißchen sehr übertreibt«, sagte unser Besucher.
»Das ist es! Übertrieben und unnatürlich, das ist die richtige Bezeichnung. Nun, Professor Presbury hat Vermögen, und so erhob der Vater der Braut keine Einwände. Bei der Tochter dürften andere Gründe den Ausschlag gegeben haben. Schließlich gab es genug Bewerber um ihre Hand, die zwar keine so gute Partie wie der Professor waren, doch im Alter eher zu ihr paßten. Jedenfalls scheint die junge Frau den Professor trotz seines überspannten Benehmens sehr zu mögen. Am Altersunterschied zwischen den beiden allerdings ändert das nichts.
Bisher war man nicht gewohnt gewesen, daß der Professor Geheimnisse hatte. Doch jetzt verreiste er eines Tages, ohne zu sagen, wohin und für wie lange. Er blieb 14 Tage fort und kam ziemlich erschöpft zurück. Obwohl sonst der offenste Mensch der Welt, ließ er kein Sterbenswörtchen darüber verlauten, wo er gewesen war. Doch wie es der Zufall wollte, erhielt unser Klient hier, Mr. Bennett, einen Brief von einem ehemaligen Mitstudenten aus Prag. Der schrieb ihm, daß er Professor Presbury in Prag gesehen habe, aber leider nicht mit ihm habe sprechen können. Damit war also das Reiseziel des Professors klar.

Und jetzt kommt's: Seit dieser Reise veränderte sich der Professor. Er verlor seine bisherige Offenheit und war einfach nicht mehr der alte. Wer ihn gut kannte, hatte den Eindruck, daß ihm die besseren Seiten seines Charakters verlorengegangen waren. Sein Intellekt blieb der alte; der Professor hielt nach wie vor glänzende Vorlesungen. Doch wirkte er dabei neuerdings irgendwie böse und unberechenbar. Seine Tochter, die ihn zärtlich liebt, versuchte, die alte Vertrautheit wiederherzustellen und die Maske zu durchdringen, die er zu tragen scheint. Ein gleiches taten Sie, Mr. Bennett, wie Sie mir sagten. Aber Sie bemühten sich beide vergeblich. Und dann kam die Sache mit den Briefen. Doch das erzählen Sie besser selbst, Mr. Bennett.«

»Dazu, Dr. Watson, muß man wissen, daß der Professor keine Geheimnisse vor mir hat. Er könnte nicht offener zu mir sein, wenn ich sein Sohn oder sein Bruder wäre. Jedenfalls galt das noch vor kurzem. Als sein Sekretär geht aller Schriftkram durch meine Hände; auch öffne und sortiere ich selbstverständlich seine ganze Post. Kurz nach seiner Rückkehr von jener Reise war damit Schluß. Er sagte mir, daß er Briefe aus London erwarte, die statt des Absenders ein Kreuz hätten. Diese Briefe hätte ich ungeöffnet beiseite zu legen; sie seien ausschließlich für seine Augen bestimmt. Tatsächlich kamen einige von diesen Briefen, abgestempelt in London und adressiert in einer kaum leserlichen Handschrift. Falls er die Briefe beantwortet hat – durch meine Hände gingen die Antwortschreiben jedenfalls nicht.«

»Vergessen Sie nicht das Kästchen«, flocht Holmes ein.

»Ach ja, richtig! Der Professor brachte von seiner Reise ein Kästchen mit, eine typisch deutsche Arbeit und damit das einzige Indiz für seine Reise auf den Kontinent. Er stellte es zu seinen Instrumenten in den Schrank. Eines Tages suchte ich nach einer Kanüle und nahm dabei auch das Kästchen in die Hand. Zu meinem größten Erstaunen wurde der Professor sehr böse und rügte mich mit einer Heftigkeit, die in keinerlei Verhältnis zu meinem ›Vergehen‹ stand.

Schließlich war ich ja nur ein bißchen neugierig gewesen. Es war das erste Mal, daß er so ausfallend wurde, und ich war entsprechend verletzt. Ich versuchte ihm klarzumachen, daß ich das Kästchen mehr aus Versehen angefaßt hatte. Doch er blieb für den Rest des Tages sehr ungnädig und machte, wie ich genau merkte, die ganze Zeit an der Geschichte herum. Ereignet hat sich der Vorfall« – Mr. Bennett zog ein Notizbuch aus der Tasche – »genau am 2. Juli.«
»Der ideale Zeuge«, sagte Holmes. »Die Daten, die Sie notiert haben, sind mir sehr willkommen.«
»Mein verehrter Lehrer hat mir neben anderen Dingen auch methodisches Vorgehen beigebracht. So habe ich von dem Moment an, da er sein außergewöhnliches Verhalten an den Tag legte, meine Beobachtungen genau festgehalten. Es war nicht mehr als meine Pflicht. Roys erster Angriff auf seinen Herrn passierte nach meinen Notizen noch am gleichen Tag, als der Professor aus seinem Studierzimmer in die Eingangshalle ging. Zum zweiten Mal geschah es unter den gleichen Umständen am 11. Juli, und den dritten derartigen Vorfall habe ich am 20. Juli notiert. Von da an wurde das arme Tier in den Stall verbannt. Aber ich fürchte, ich langweile Sie.«
Mr. Bennett sagte das ein bißchen vorwurfsvoll, weil Holmes ganz offensichtlich überhaupt nicht mehr zuhörte und geistesabwesend gegen die Decke starrte. Es kostete ihn einige Mühe, wieder in die Gegenwart zurückzukehren.
»Eigenartig, sehr eigenartig«, murmelte er. »Diese Details waren neu für mich, Mr. Bennett. Doch kommen wir nun zu den neuen Entwicklungen, von denen Sie sprachen.«
Das offene und freundliche Gesicht unseres Besuchers verdüsterte sich, als er fortfuhr. Offensichtlich erinnerte er sich an recht trübe Dinge: »Es war in der vorletzten Nacht, so gegen 2.00 Uhr. Ich lag noch wach. Da hörte ich ein dumpfes Geräusch auf dem Flur. Ich öffnete die Tür und schaute hinaus. Sie müssen wissen, das Zimmer, in dem der Professor schläft, liegt am Ende des Flures.«
»Das Datum, bitte«, fragte Holmes.

Unser Besucher ärgerte sich sichtlich über diese so gar nicht zur Sache gehörende Unterbrechung.

»Ich hab' doch schon gesagt, daß es vorletzte Nacht war, also am 4. September.«

Holmes nickte und lächelte. Dann sagte er: »Fahren Sie bitte fort.«

»Also, es ist so, daß der Professor, wenn er aus seinem Zimmer zur Treppe will, an meinem Zimmer vorüber muß. Ich bin nun gewiß nicht schreckhaft, mindestens nicht schreckhafter als andere, Mr. Holmes. Aber was ich sehen mußte, machte sogar mich schaudern. Im Flur war es finster. Nur dort, wo das Fenster ist, etwa in der Mitte des Flures, fiel etwas Licht herein. Ich sah etwas Dunkles, Niedriges den Flur entlangkommen. Als dieses Etwas den hellen Bereich erreichte, stellte ich fest, daß es der Professor war. Er lief auf allen vieren, Mr. Holmes! Nicht auf den Knien, nein. Er hatte sich gebückt und benutzte die Hände zum Laufen; sein Kopf hing dabei dicht über dem Boden. Er bewegte sich mit der größten Leichtigkeit. Ich war zunächst wie gelähmt. Erst als er auf meiner Höhe war, hatte ich mich wieder einigermaßen gefaßt, trat einen Schritt vor und fragte, ob ich ihm behilflich sein könnte. Ich kann noch immer nicht fassen, was er mir antwortete. Er richtete sich blitzartig auf, warf mir ein unflätiges Schimpfwort an den Kopf, lief an mir vorbei und die Treppe hinunter. Ich blieb noch längere Zeit wach, hörte Professor Presbury aber nicht zurückkommen. Er dürfte wohl erst bei Tagesanbruch wieder sein Zimmer aufgesucht haben.«

»Nun, Watson, was halten Sie davon?« fragte mich Holmes mit dem Stolz des Pathologen, der eine besonders ausgefallene Krankheit vorführen kann.

»Hexenschuß, vielleicht. Ich kenne einen schweren Fall, wo sich der Betroffene auf die gleiche Weise fortbewegte. So etwas kann einen schon reizbar machen.«

»Guter Watson! Sie sorgen doch immer wieder dafür, daß wir mit beiden Füßen auf dem Boden der Wirklichkeit bleiben. Nur, wenn der Professor wirklich Hexenschuß gehabt hätte, dann hätte er sich unmöglich so schnell aufrichten können.«

»Seine Gesundheit ist besser als je zuvor«, sagte Bennett. »Und seine Körperkräfte haben eher zugenommen als abgenommen. Andererseits, da sind die geschilderten Ereignisse, Mr. Holmes. Zur Polizei kann ich damit unmöglich gehen. Wir wissen wirklich nicht mehr, was wir tun sollen. Dabei spüren wir ganz deutlich, daß sich eine Katastrophe anbahnt. Edith, Miß Presbury, ist wie ich der Meinung, daß wir nicht länger zuschauen und die Hände in den Schoß legen dürfen.«

»Wirklich eine eigenartige Geschichte, die alle möglichen Deutungen zuläßt. Was meinen Sie, Watson?«

»Als Arzt kann ich nur sagen, daß das ein Fall für den Psychiater sein dürfte. Der alte Mann ist geistig verwirrt oder, um es volkstümlich auszudrücken, die Liebe hat ihm den Verstand geraubt. Die Reise unternahm er, um sich von seiner Leidenschaft zu befreien. Die Briefe und die Schachtel dürften mit einem privaten Geschäft zu tun haben. Vielleicht hat er eine Anleihe aufgenommen oder Aktien gekauft, die er jetzt in dem Kästchen aufbewahrt.«

»Und der Schäferhund mißbilligt aufs tiefste, wie man sieht, diese finanziellen Transaktionen seines Herrn. Nein, nein, Watson, so einfach ist die Sache nicht, es muß mehr dahinterstecken. Im Augenblick kann ich nur vorschlagen...«

Was Holmes vorschlagen wollte, werden wir nie erfahren, denn in diesem Augenblick ging die Tür auf und eine junge Dame kam ins Zimmer. Mr. Bennett sprang auf und lief ihr mit ausgestreckten Händen entgegen.

»Edith, Liebling. Es ist doch nichts passiert?«

»Oh, Jack, ich mußte dich einfach sehen, ich hatte solche Angst. Es ist schrecklich, in diesem Haus allein sein zu müssen.«

»Mr. Holmes, dies ist die junge Dame, von der ich Ihnen erzählte, meine Braut.«

Holmes antwortete mit einem Lächeln: »Zu diesem Schluß waren

wir auch gerade gekommen, nicht wahr, Watson? Ich nehme an, Miß Presbury, daß die Dinge eine neue Wendung genommen haben und Sie uns das berichten wollen?«
Die junge Frau, ganz der Typ des hübschen und netten englischen Mädchens, gab Holmes' Lächeln zurück und setzte sich neben Bennett. »Ich hatte meinen Verlobten erst im Hotel gesucht. Als er da nicht war, dachte ich mir, daß ich ihn hier finden werde. Er hatte mir nämlich erzählt, daß er Sie zu Rate ziehen will. Oh, Mr. Holmes, ich wünsche mir so sehr, daß Sie etwas für meinen armen Vater tun können.«
»Ich denke schon, daß ich das kann, Miß Presbury. Allerdings liegt der Fall noch sehr im dunkeln. Vielleicht gelingt es uns, mit Ihrer Hilfe etwas mehr Licht hineinzubringen.«
»Es war in der vergangenen Nacht, Mr. Holmes. Vater hatte sich schon den ganzen Tag seltsam benommen. Ich bin sicher, daß er zeitweise nicht weiß, was er tut. Es ist, als ob er sich in einem seltsamen Traum befände. Gestern war einer dieser Tage. Er war nicht mehr mein Vater, nur noch seine leere Hülle.«
»Erzählen Sie weiter, was geschah?«
»Ich wachte in der Nacht auf, weil der Hund fürchterlich bellte. Der arme Kerl ist ja jetzt beim Stall angekettet. Ich schlafe nur bei abgeschlossener Tür, weil – Jack, das heißt Mr. Bennett, wird Ihnen das bestätigen – wir alle das Gefühl haben, daß Gefahr droht. Mein Zimmer liegt im zweiten Stock. Zufällig war der Fensterladen nicht geschlossen; der Mond schien hell. Ich lag im Bett, hatte die Augen auf das helle Viereck des Fensters gerichtet und lauschte dem wütenden Bellen Roys. Da sah ich doch plötzlich das Gesicht meines Vaters hinter der Scheibe; er starrte in mein Zimmer. Mr. Holmes, glauben Sie mir, ich bin vor Schreck fast gestorben. Dann hob er die Hand, als wolle er das Fenster aufstoßen. Wenn er das getan hätte, wäre ich, glaube ich, verrückt geworden. Es war ganz bestimmt keine Täuschung. Mr. Holmes, glauben Sie das bloß nicht. Ich lag wie gelähmt in meinem Bett. Nach vielleicht einer halben Minute

verschwand mein Vater. Aber ich war nicht imstande aufzustehen, zum Fenster zu gehen und nachzuschauen, wo er hin war. Für den Rest der Nacht habe ich kein Auge mehr zugetan, das können Sie sich sicher vorstellen.
Beim Frühstück dann war Vater schlecht gelaunt und sehr kurz angebunden. Den nächtlichen Vorfall erwähnte er mit keinem Wort. Ich auch nicht. Ich sagte ihm nur, daß ich in die Stadt müsse. Nun, da bin ich.«
Holmes nahm Miß Presburys Erzählung mit einigem Erstaunen auf. »Mein liebes Fräulein, wenn ich Sie recht verstanden habe, liegt Ihr Zimmer im zweiten Stock. Gibt es beim Haus eine längere Leiter?«
»Nein, Mr. Holmes, das ist es ja, was mich so sehr erstaunt. Man kann das Fenster von außen unmöglich erreichen. Aber trotzdem war er davor!«
»Und es war der 5. September«, sagte Holmes. »Das kompliziert die Sache einigermaßen.«
Die junge Frau schaute ihn erstaunt an.
»Sie legen so großen Wert auf das Datum, Mr. Holmes«, fragte Mr. Bennett. »Hat denn das Datum etwas Besonderes zu bedeuten?«
»Das ist durchaus möglich. Mit Bestimmtheit kann ich es allerdings nicht sagen; dafür verfüge ich noch nicht über genügend Material.«
»Glauben Sie, daß seine Anfälle etwas mit den Mondphasen zu tun haben könnten?«
»Das bestimmt nicht. Meine Überlegungen gehen eher in eine andere Richtung. Es wäre mir lieb, wenn Sie mir Ihr Notizbuch hierließen, Mr. Bennett, dann kann ich mich nochmals mit den Daten beschäftigen. Immerhin, Watson, ist jetzt klar, was wir zu tun haben. Von Miß Presbury wissen wir – und ich habe keinen Anlaß, ihre Angaben in Zweifel zu ziehen –, daß ihr Vater gelegentlich Gedächtnislücken hat. Das machen wir uns zunutze. Wir werden ihn also aufsuchen und behaupten, man habe uns zu ihm bestellt. Er wird glauben, daß er die Verabredung vergessen hat. Uns gibt dieser

Besuch die Gelegenheit, einen persönlichen Eindruck von ihm zu bekommen. Und das halte ich im Moment für das Wichtigste.«
»Ausgezeichnet«, sagte Mr. Bennett. »Ich muß Sie allerdings darauf aufmerksam machen, daß der Professor recht reizbar sein kann und sehr zu Jähzorn neigt.«
Holmes lächelte sein sparsames Lächeln: »Es sprechen einige Gründe dafür – sehr gewichtige Gründe, wenn meine Theorie stimmt –, daß wir diesen Besuch so schnell wie möglich machen. Mr. Bennett, der morgige Tag sieht uns in Camford. Dort gibt es, wenn ich mich recht erinnere, ein Gasthaus ›Chequers‹, wo der Portwein und die Betten recht passabel sind. Watson, des Geschickes Mächte wollen, daß wir die nächsten Tage in weniger gefälligen Gefilden verbringen.«

So sah uns also der Montagmorgen auf dem Weg in die berühmte Universitätsstadt. Für Holmes war dieser schnelle Aufbruch unproblematisch, gab es doch so gut wie keine Verpflichtung, die ihn zurückgehalten hätte. Für mich aber bedeutete er überstürztes Planen und Hektik, denn meine Praxis hatte damals einen nicht unbeträchtlichen Umfang. Holmes kam auf den Fall erst wieder zu sprechen, nachdem wir unser Gepäck im erwähnten Gasthaus untergebracht hatten.
»Ich denke, Watson, wir erwischen den Professor noch vor dem Mittagessen. Er hat um 11.00 Uhr eine Vorlesung und legt dann anschließend zu Hause eine Pause ein.«
»Was sagen wir denn, weshalb wir zu ihm kommen?«
Holmes warf einen Blick in Mr. Bennetts Notizbuch.
»Am 26. August hatte er einen seiner Anfälle. Er dürfte kaum noch genau wissen, was er da alles getan hat. Wir sagen also, daß er sich damals mit uns verabredet hat. Ich glaube nicht, daß er es wagen wird zu widersprechen. Glauben Sie, daß Sie die nötige Unverfrorenheit für diesen Besuch aufbringen?«
»Versuchen wir's doch einfach.«

»Ausgezeichnet, Watson! Einfach versuchen – der Leitspruch aller Unerschrockenen. Einer von diesen freundlichen Eingeborenen wird uns sicher hinbringen.«

Schnell fand sich ein solcher Einheimischer mit einer schicken Droschke, einem Cabriolet. Wir rollten an einer Reihe alter Collegegebäude vorbei, bogen dann in eine Allee ein und hielten schließlich vor einem reizenden, von Glyzinien überwucherten Haus, inmitten einer grünen Rasenfläche.

Das Anwesen erweckte den Anschein nicht von Wohlhabenheit, sondern schon eher Luxus. Als wir hielten, erschien hinter einem Fenster der Vorderfront ein graues Haupt mit einer Hornbrille und funkelnden Augen unter buschigen Brauen. Kurz darauf fanden wir uns im Allerheiligsten, und der geheimnisvolle Gelehrte, dessen eigenartiges Verhalten uns von London hierher geführt hatte, stand vor uns. Er wirkte im Aussehen und Auftreten völlig normal: Groß, stattlich, würdevoll, ein offenes Gesicht, Gehrock. Er bot ganz das Bild des Professors, der es gewöhnt ist, in der Öffentlichkeit aufzutreten. Das auffallendste an ihm waren die Augen: hellwach, durchdringend, fast schon verschlagen.

Er las unsere Visitenkarten: »Bitte nehmen Sie Platz, meine Herren. Was kann ich für Sie tun?«

Holmes lächelte sehr liebenswürdig: »Genau diese Frage wollte gerade ich Ihnen stellen.«

»Mir?«

»Sollte es sich um einen Irrtum handeln? Man hat mir mitgeteilt, daß Professor Presbury aus Camford meine Dienste benötige.«

»Was Sie nicht sagen!« Es war mir, als sähe ich ein bösartiges Funkeln in den tiefgrauen Augen des Professors. »Hat man Ihnen das mitgeteilt? Und wer war das, wenn ich fragen darf?«

»Das kann ich Ihnen leider nicht sagen, Professor. Man teilte es mir unter dem Siegel der Verschwiegenheit mit. Aber es ist ja kein Schaden angerichtet. Lassen Sie mich Ihnen also mein Bedauern aussprechen.«

»Nicht so schnell. Ich möchte das schon ein bißchen genauer wissen, rein aus Neugierde. Haben Sie etwas Schriftliches in der Hand, einen Brief oder ein Telegramm, womit Sie Ihre Behauptung beweisen können? Sie werden ja wohl nicht soweit gehen wollen zu behaupten, daß ich Sie selbst hierher gebeten habe – oder?«
»Ich ziehe es vor, Ihre Frage nicht zu beantworten«, sagte Holmes.
»Nein? Dann lassen Sie's bleiben!« sagte der Professor schroff. »Ich kann mir diese Frage sehr leicht auch selbst beantworten.«
Er ging zur Glocke an der Wand des Zimmers. Auf sein Läuten hin erschien Mr. Bennett.
»Kommen Sie näher, Mr. Bennett. Diese beiden Herren sind von London hierhergekommen, weil sie unter dem Eindruck standen, daß sie dazu aufgefordert worden wären. Sie erledigen meine Korrespondenz. Ist irgendeine entsprechende Nachricht an einen Holmes rausgegangen?«
»Nein, Sir«, antwortete Bennett, wobei ihm das Blut ins Gesicht stieg.
»Das genügt«, sagte der Professor und starrte meinen Freund böse an. »Nun, mein Herr« – er beugte sich, beide Hände auf den Tisch gestützt, vor –, »unter diesen Umständen ist Ihr Aufkreuzen hier wohl reichlich fragwürdig.«
Holmes zuckte die Achseln.
»Ich kann nur noch einmal wiederholen, wie sehr es mir leid tut, daß wir unnötigerweise bei Ihnen eingedrungen sind.«
»Völlig unnötig!« Der Professor fing an zu kreischen, das Gesicht zu einer bösartigen Grimasse verzerrt. »Glauben Sie bloß nicht, daß Sie so leicht davonkommen.« Mit geballten Fäusten baute er sich vor der Tür auf. Er zitterte und schäumte vor Wut. Ich glaubte schon, wir würden uns mit Gewalt den Weg nach draußen erzwingen müssen. Doch da griff zum Glück Bennett ein.
»Aber verehrter Professor«, schrie er. »Bedenken Sie Ihre Stellung! Denken Sie an den Skandal für die Universität. Mr. Holmes ist kein ganz unbekannter Mann, den können Sie doch nicht so behandeln!«

Murrend gab unser Gastgeber, der diesen Namen wirklich nicht verdiente, den Weg frei. Als wir draußen waren und wieder in der Allee standen, atmete ich auf. Holmes schien überaus amüsiert von dem Vorfall. Er meinte: »Unser gelehrter Freund scheint nicht die besten Nerven zu haben. Zugegeben, unser Eindringen war nicht gerade die feine Art. Aber auf diese Weise haben wir ihn persönlich kennengelernt, genau wie wir das wollten. Ach du liebe Zeit, Watson, mir scheint, unser reizbarer Freund ist immer noch hinter uns her.«

Tatsächlich hörte man jemand rennen. Aber zu meiner Erleichterung war es nicht der fürchterliche Professor, der hinter der Biegung erschien, sondern sein fürchterlich schnaufender Assistent.

»Es tut mir schrecklich leid, Mr. Holmes. Ich wollte mich nur für das unmögliche Benehmen des Professors entschuldigen.«

»Aber das ist doch nicht nötig.«

»Glauben Sie mir, so böse habe ich ihn noch nie erlebt. Es wird immer schlimmer mit ihm. Sie verstehen jetzt sicher, warum wir, seine Tochter und ich, so beunruhigt sind. Dabei ist er geistig völlig klar.«

»Zu klar!« sagte Holmes. »Damit hatte ich nicht gerechnet. Sein Gedächtnis funktioniert weit besser, als ich dachte. Ach, da fällt mir ein, könnten Sie mir vielleicht gleich noch das Fenster von Miß Presburys Zimmer zeigen?«

Mr. Bennett führte uns durch die Büsche zur Seitenfront des Hauses.

»Da oben, das ist es, das zweite von links.«

»Oho, so leicht kommt man da nicht rauf. Andererseits, das Pflanzengeschlinge unter dem Fenster und das Fallrohr der Dachrinne bieten schon einigen Halt.«

»Also ich würde da nie hochklettern können«, sagte Mr. Bennett.

»Das glaube ich Ihnen gerne. Das wäre für jeden normalen Menschen ein sehr gefährliches Unternehmen.«

»Noch etwas, Mr. Holmes. Ich habe die Adresse von dem Mann in London, dem der Professor immer schreibt. Erst heute morgen hat er ihm wieder einen Brief geschickt. Ich sah es am Löschpapier. Gewiß, ein vertrauenswürdiger Sekretär tut so etwas nicht. Aber es bleibt mir ja gar nichts anderes übrig.«

Holmes warf einen Blick auf das Löschpapier und steckte es in die Tasche.

»Dorak – kein sehr verbreiteter Name in England. Dürfte slawisch sein. Sehr gut, damit haben wir ein wichtiges Glied in der Kette. Ich überlege, ob wir nicht heute nachmittag schon nach London zurückkehren, Mr. Bennett. Es hat nicht viel Sinn, wenn wir hierbleiben. Einsperren lassen können wir den Professor nicht, denn er hat ja kein Verbrechen begangen. Und entmündigen lassen können wir ihn genausowenig, denn er ist ja alles andere als verrückt. So wie's jetzt steht, sind uns in jeder Hinsicht die Hände gebunden.«

»Aber um alles in der Welt, wir müssen doch etwas tun!«

»Haben Sie Geduld, Mr. Bennett. Die Entwicklung geht weiter. Wenn ich mich nicht sehr irre, dürfte Dienstag in acht Tagen die Krisis eintreten. Wir werden dann natürlich in Camford sein. Ich weiß, die Situation ist äußerst unerfreulich, und wenn Miß Presbury nicht unbedingt gleich wieder nach Hause muß...«

»Nein, überhaupt nicht.«

»Dann bleibt sie am besten in London, bis wir sicher sind, daß jede Gefahr vorbei ist. Und Sie gehen dem Professor möglichst aus dem Weg. Solang er einigermaßen bei Laune ist, sollte nichts passieren.«

»Da ist er«, flüsterte Bennett erschrocken. Durch die Zweige sahen wir, wie er groß und aufrecht aus dem Haus trat und sich umschaute. Er neigte dabei den Oberkörper leicht nach vorn, während die Arme baumelnd herunterhingen und der Kopf suchend von einer Seite zur anderen fuhr. Der Sekretär nickte uns kurz abschiednehmend zu und schlug sich in die Büsche. Sekunden später tauchte er bei seinem Arbeitgeber auf, und die beiden verschwanden im Haus, wobei sie sich allem Anschein nach angeregt unterhielten.

»So, wie ich den alten Herrn einschätze«, sagte Holmes, während wir zum Gasthaus zurückliefen, »hat er längst zwei und zwei zusammengezählt. Sogar in der kurzen Zeit, da wir bei ihm waren, fiel mir auf, wie klar und logisch sein Verstand arbeitet. Er hat sich schrecklich aufgeregt, das stimmt. Aber er hat, betrachtet man es von seiner Seite, auch allen Grund dazu. Oder wie würden Sie reagieren, wenn da plötzlich zwei Detektive auftauchen, die allem Anschein nach auch noch von Menschen, die Ihnen sehr nahestehen, auf Sie angesetzt worden sind? Freund Bennett dürfte schweren Zeiten entgegensehen.«

Wir kamen am Postamt vorüber, und Sherlock Holmes gab ein Telegramm auf. Die Antwort kam noch am Abend des gleichen Tages. Holmes gab mir das Formular und ich las: *war in der commercial road und habe dorak gesehen stop umgänglicher mann stop böhme stop schon älter stop hat einen großen laden stop mercer*

»Mercer kam nach Ihrer Zeit, Watson«, erläuterte Holmes. »Er ist mein ›Mädchen für alles‹ und macht die Routinearbeit. Es war wichtig, ein bißchen mehr über den Mann in Erfahrung zu bringen, mit dem der Professor insgeheim korrespondiert. Seine Herkunft paßt zu dem Besuch in Prag.«

»Ich danke Gott, daß überhaupt etwas zu etwas anderem paßt«, sagte ich. »Im Moment sehen wir uns doch nur einer Reihe unerklärlicher Ereignisse gegenüber, die nichts miteinander zu tun haben. Nehmen wir nur den wildgewordenen Schäferhund und die Reise nach Böhmen – was gibt es da für eine Verbindung? Und genausowenig läßt sich von einem dieser Ereignisse eine Verbindung herstellen zu einem Mann, der des Nachts in einem Flur auf allen vieren läuft. Und das größte Rätsel sind mir diese Daten, die Sie, Holmes, so schrecklich wichtig nehmen.«

Mein Freund grinste und rieb sich die Hände. Ich muß hier einflechten, daß wir im Gesellschaftszimmer des alten Gasthauses saßen. Auf dem Tisch zwischen uns stand eine Flasche jenes berühmten Rebensaftes, von dem Holmes gesprochen hatte.

»Nun, gut, fangen wir mit den Daten an«, begann er zu dozieren und legte die Fingerspitzen gegeneinander. »Nach den Aufzeich-

nungen jenes äußerst tüchtigen jungen Mannes trat die erste Störung am 2. Juli auf. Sie wiederholte sich von da an in einem Rhythmus von neun Tagen – mit einer einzigen Ausnahme, soweit ich mich erinnere. Der letzte Ausbruch des Professors war am Freitag, dem 23. September. Auch dieses Datum paßt in das Schema, genauso wie das vorangehende vom 26. August. Das kann kein Zufall sein.«
Ich mußte das zugeben.
»Jetzt lassen Sie uns doch einfach einmal annehmen, daß der Professor alle neun Tage eine starke Droge nimmt, die vorübergehend psychisch stark beeinträchtigend wirkt. Sie verstärkt des Professors latenten Hang zu heftigen Ausbrüchen. Kennengelernt hat er die Droge aber in Prag, und jetzt versorgt ihn ein Zwischenhändler in London damit. Sehen Sie, wie alles zusammenpaßt, Watson?«
»Und der Hund und sein Laufen auf allen vieren und sein nächtliches Auftauchen am Fenster?«
»Langsam, langsam. Wir stehen ja noch am Anfang. Vor nächstem Dienstag, also morgen in acht Tagen, dürfte es keine neuen Entwicklungen in diesem Fall geben. Bis dahin können wir nur mit Freund Bennett Kontakt halten und die Annehmlichkeiten dieses reizenden Städtchens genießen.«
Am Morgen des nächsten Tages kam Mr. Bennett kurz vorbei, um uns über die neueste Entwicklung zu berichten. Wie von Holmes vorausgesagt, hatte er keinen leichten Stand gehabt. Zwar hatte ihn der Professor nicht direkt für unser Auftauchen verantwortlich gemacht. Aber es war zu merken gewesen – und zwar sehr deutlich –, daß er sich hintergangen fühlte. Heute morgen sei der Professor dann wieder ganz der alte gewesen und hätte wie üblich in einem überfüllten Hörsaal eine brillante Vorlesung gehalten. »Abgesehen von seinem gelegentlich seltsamen Benehmen«, meinte Bennett abschließend, »ist er zur Zeit so aktiv und energiegeladen, wie ich ihn bisher nicht gekannt habe. Auch sein Verstand hat nie besser gearbeitet. Aber irgendwie hat er sich verändert, ist er nicht mehr der Mann, den ich bisher gekannt habe.«

»Meiner Schätzung nach«, tröstete ihn Holmes, »müssen Sie die nächsten acht Tage nichts befürchten. Ich habe noch einiges andere zu tun, und Dr. Watson muß sich um seine Patienten kümmern. Ich schlage vor, daß wir uns nächsten Dienstag hier wieder treffen. Es sollte mich sehr wundern, wenn ich Ihnen dann nicht eine überzeugende Erklärung für das Verhalten des Professors geben und Sie auch von Ihren Sorgen befreien kann. Halten Sie uns bitte auf dem laufenden.«

In den nächsten Tagen sah und hörte ich nichts von meinem Freund. Montag abend dann erhielt ich die Nachricht von ihm, daß ich ihn am Dienstag im Zug treffen sollte. Wie er mir während der Bahnfahrt erzählte, war in Camford alles in Ordnung. Im Haus des Professors herrschte eitel Frieden, und der Gelehrte benahm sich völlig normal. Auch Mr. Bennett, der uns noch am Abend im ›Chequers‹ aufsuchte, wußte nichts anderes zu berichten. »Ja und dann bekam er heute wieder Post aus London, einen Brief und ein kleines Päckchen«, erzählte Bennett. »Beide hatten als Absender das bewußte Kreuz. Ich habe mich natürlich gehütet, sie anzurühren. Das ist aber auch schon alles, was ich zu berichten habe.«

»Oh, das genügt durchaus«, sagte Holmes grimmig. »Ich rechne sehr damit, Mr. Bennett, daß wir die Angelegenheit heute noch zu einem Abschluß bringen. Wenn meine Folgerungen richtig sind, können wir heute nacht die Entscheidung herbeiführen. Dazu müssen wir allerdings den Professor unter Beobachtung halten. Ich möchte Sie bitten, Mr. Bennett, wach zu bleiben und aufzupassen. Wenn Sie ihn an Ihrem Zimmer vorübergehen hören, stören Sie ihn bitte nicht, sondern folgen ihm nur möglichst dichtauf. Dr. Watson und ich werden in der Nähe sein. Übrigens, wo ist eigentlich der Schlüssel zu dem besagten Kästchen?«

»Der hängt an seiner Uhrkette.«

»Das Kästchen sollten wir uns nämlich einmal genauer ansehen. Nun, schlimmstenfalls wird sein Schloß so schwer nicht zu knacken sien. Gibt es im Haus noch einen kräftigen Mann?«

»Ja, Macphail, den Kutscher.«
»Wo schläft er?«
»Über dem Stall.«
»Könnte sein, daß wir ihn brauchen. Ja, das wär's dann. Jetzt heißt es abwarten. Auf Wiedersehen dann – spätestens morgen früh.«
Es ging schon auf Mitternacht, als wir unseren Beobachtungsposten zwischen den Büschen gegenüber dem Haupteingang zum Haus des Professors bezogen. Die Nacht war trocken, aber kalt, so daß wir um unsere warmen Mäntel froh waren. Es wehte ein leichter Wind, über den Himmel jagten Wolken und verdeckten von Zeit zu Zeit den halbvollen Mond. Es war eine unangenehme Nachtwache, einigermaßen erträglich gemacht nur durch die Spannung und die von Holmes in Aussicht gestellte endgültige Aufklärung jener rätselhaften Vorgänge, die uns hierhergeführt hatten.
»Wenn ich mit dem Neun-Tage-Zyklus des Professors recht habe, dann steht für diese Nacht wieder einer seiner Anfälle bevor«, sagte Holmes leise. »Alles deutet darauf hin, daß der alte Mann etwas einnimmt, sein Besuch in Prag, nach dem sich die ersten Symptome zeigten, die geheime Korrespondenz mit einem böhmischen Händler in London, sicher der Verbindungsmann zu irgend jemand in Prag, Brief und Päckchen, die er ausgerechnet heute bekam. Was er einnimmt und warum, entzieht sich bisher unserer Kenntnis. Wir wissen nur, daß es aus Prag kommen muß. Der Neun-Tage-Zyklus, der mir als erstes auffiel, hängt mit den genau vorgeschriebenen Intervallen für die Einnahme des Mittels zusammen. Die Symptome jedenfalls sind sehr bemerkenswert. Haben Sie sich übrigens seine Hände angesehen?«
Ich mußte zugeben, daß ich das nicht getan hatte.
»Sie sind voller Schwielen. So etwas von Hornhaut habe ich noch nie gesehen. Sie müssen immer auf die Hände achten, Watson, dann auf Manschetten, Knie und Schuhe. Besagte Hornhaut läßt sich nur erklären durch die Art der Fortbewegung, die...« Holmes verstummte abrupt. Dann schlug er sich mit der flachen Hand gegen

die Stirn: »Oh, Watson, was war ich doch für ein Narr. Es scheint unmöglich, aber es kann gar nicht anders sein. Alles deutet darauf hin. Wie konnte ich diese Zusammenhänge nur übersehen. Die Schwielen, der Hund, der Efeu. Es wird Zeit, daß ich mich auf den Ruhesitz meiner Träume zurückziehe. Schauen Sie, Watson, da kommt er. Nun werden wir es gleich mit eigenen Augen erleben.«
Die Haustür war aufgegangen; in der Eingangshalle brannte Licht. Deutlich hob sich vor dem hellen Hintergrund die große Gestalt des Professors ab. Er stak im Schlafrock und stand in der gleichen Haltung da, wie damals, als wir ihn nach unserem ersten Besuch verließen: leicht vorgeneigt, mit baumelnden Armen. Er trat einen Schritt vorwärts, auf die Einfahrt, und dann sahen wir ihn sich seltsam verwandeln. Er beugte sich zu Boden, als wolle er kriechen, und galoppierte dann auf Händen und Füßen davon, wobei er immer wieder Sprünge vollführte, als berste er vor Kraft und Lebensfreude. Er lief die Vorderfront des Hauses entlang und verschwand um die Ecke. Und da tauchte auch schon Bennett auf, schlüpfte aus dem Haus und schlich hinter dem Professor her.
»Kommen Sie, Watson«, zischte Holmes. So leise wie möglich schlichen wir durch die Büsche, bis wir eine Stelle erreicht hatten, von der aus wir das Geschehen weiterverfolgen konnten. Der Mond tauchte alles in sein helles Licht. Der Professor war beim Efeu zugange. Plötzlich begann er mit unglaublicher Behendigkeit am Efeu die Wand hochzuklettern. Es war unglaublich, mit welcher Sicherheit er sich bewegte. Da gab es kein Zögern, kein Fehltreten oder Fehlgreifen. Man hatte den Eindruck, als klettere er ohne bestimmtes Ziel, aus reiner, unbändiger Freude an der eigenen Kraft und Geschicklichkeit. Die flatternden Schöße des Morgenrocks ließen ihn vor der hellen Wand wie eine riesige Fledermaus aussehen.
Mit einem Mal verlor er den Spaß am Klettern, hangelte sich wieder nach unten und lief dann, nach wie vor auf allen vieren, zum Stall. Dort stand der Schäferhund vor seiner Hütte, bellte rasend und zerrte wie wahnsinnig an seiner Kette. Als er seines Herrn ansichtig

wurde, steigerte sich seine Wut noch. Der Professor aber hockte sich gerade noch außer Reichweite des Hundes auf den Boden und begann, das Tier auf jede nur mögliche Art zu reizen. Er bewarf es mit Steinen, stocherte mit einem Stock nach ihm, fuchtelte ihm mit den Händen vor dem auf- und zuschnappenden Maul herum. Das Tier war völlig außer sich. In all den Jahren gemeinsamer Arbeit mit Holmes hatte ich kein seltsameres Schauspiel erlebt: Auf der einen Seite wie ein Frosch auf dem Boden hockend die gefühllose Gestalt, der immer noch ein Restchen Würde anhaftete, und auf der anderen das mit größtem Einfallsreichtum und äußerster Grausamkeit bis aufs Blut gereizte Tier.

Und dann passierte es: Nicht, daß die Kette brach. Der Hund schlüpfte irgendwie aus dem Halsband, das für den dickeren Hals eines Neufundländers gemacht war. Wir hörten das Klirren, als sie zu Boden fiel, und dann wälzten sich auch schon Herr und Hund in einem wilden Knäuel verstrickt auf dem Boden. Der Hund knurrte und geiferte in rasender Wut, der Mann schrie in Todesnot, denn das Tier hatte sich tief in seinen Hals verbissen. Noch bevor wir die beiden erreichten und trennen konnten, hatte der Professor das Bewußtsein verloren. Zum Glück gehorchte der Hund Bennett sofort. Holmes und mir wäre es bestimmt nicht so einfach geworden, die beiden auseinanderzubringen. Der Aufruhr hatte den gleichermaßen erstaunten wie verschlafenen Kutscher aus seinem Zimmer gelockt. Als er sah, was geschehen war, meinte er kopfschüttelnd: »Ich wußte, daß Roy ihn irgendwann kriegt.«

Der Hund wurde sicher verwahrt. Den Professor schafften wir mit vereinten Kräften in sein Zimmer, wo ich, assistiert von Bennett, die Wunde versorgte. Um ein Haar hätten die scharfen Zähne des Tieres die Halsschlagader zerrissen. Aber auch so verlor er viel Blut. Nach einer halben Stunde hatte ich den Patienten soweit, daß die größte Gefahr vorüber war. Ich gab ihm eine Morphiumspritze, woraufhin er in tiefen Schlaf sank. Erst dann konnten wir uns zusammensetzen, um uns über die nächsten Schritte klarzuwerden.

»Meiner Meinung nach gehört er in die Hand eines erstklassigen Chirurgen«, sagte ich.
»Um Himmels willen, bloß nicht!« protestierte Bennett. »Bis jetzt wissen nur wir von der Geschichte. Bei uns ist sie sicher. Aber weiß erst einmal jemand außerhalb dieser Mauern davon, läßt sie sich nicht mehr geheimhalten. Bedenken Sie doch des Professors Stellung an der Universität, seinen Ruf, den er in Europa genießt, und die Gefühle seiner Tochter.«
»Ganz meine Meinung«, sagte Holmes. »Wir können nicht nur das Bekanntwerden dieser Sache verhindern, wir können jetzt, wo wir freie Hand haben, auch dafür sorgen, daß sie sich nicht wiederholt. Bitte den Schlüssel von der Uhrkette, Mr. Bennett. Macphail, Sie übernehmen die Wache beim Professor und melden uns jede Veränderung. Wir aber wollen sehen, was wir in dem geheimnisvollen Kästchen des Professors finden.«
Viel war nicht drin, aber das wenige war aufschlußreich genug: Eine leere Ampulle, eine zweite, die nicht mehr ganz voll war, eine Spritze und ein paar Briefe in einer krakeligen Handschrift, die Bennett nicht kannte. Es handelte sich offensichtlich um jene Briefe, die der Sekretär nicht hatte öffnen dürfen, denn die dazugehörigen Umschläge waren statt mit einer Absenderangabe mit einem Kreuz versehen und alle in der Commercial Road aufgegeben sowie mit A. Dorak unterzeichnet. Es handelte sich um Rechnungen über die Lieferung von Ampullen und Quittungen für geleistete Zahlungen. Ein Umschlag unterschied sich durch die ausgeschriebenere Handschrift. Er trug eine österreichische Briefmarke und war in Prag abgestempelt. »Ah, das dürfte das sein, was wir suchen«, sagte Holmes und nahm den Brief heraus. Er lautete:

Verehrter Kollege!
Seit Ihrem geschätzten Besuch habe ich mich eingehend mit Ihrem Problem befaßt. Obwohl in Anbetracht Ihrer besonderen Lage gewichtige Gründe für eine Anwendung sprechen, so muß

ich doch einige Vorsicht anempfehlen, weil der Gebrauch des Mittels, wie mir Versuche gezeigt haben, nicht ohne Risiko ist. Möglich, daß das Serum von Anthropoiden besser gewesen wäre. Sie wissen ja, daß ich damals nur mit einem Langur arbeiten konnte. Und diese, auf allen vieren gehende und kletternde Spezies steht dem Menschen ja in jeder Hinsicht viel weniger nahe als die aufrecht gehenden Anthropoiden. Bitte, seien Sie sehr vorsichtig, denn das Mittel könnte unvorhergesehene Wirkungen zeitigen. Ich habe noch einen zweiten Klienten in England. Wenn Sie Kontakt mit ihm aufnehmen wollen: Dorak ist mein Mittelsmann für Sie beide.
Für wöchentliche Berichte wäre ich Ihnen sehr verpflichtet.
Ich verbleibe als Ihr sehr ergebener
H. Löwenstein

Löwenstein! Das war doch der Name, der in letzter Zeit immer wieder durch die Zeitungen gegangen war. Ein obskurer Wissenschaftler, der hinter das Geheimnis ewiger Jugend gekommen sein wollte. Löwenstein aus Prag, mit seinem Serum, das wieder jung machte. Löwenstein, den die Fachwelt ablehnte, weil er sich weigerte zu sagen, wie er zu seinem Mittel gekommen und wie es zusammengesetzt war.
Mit wenigen Worten berichtete ich, was ich wußte. Bennett hatte inzwischen das Handbuch der Zoologie aus dem Bücherregal geholt und las vor: »›Langur. Großer, schwarzgesichtiger Affe, zuhause im Himalajagebiet, größter und menschenähnlichster Kletteraffe.‹ Weitere Einzelheiten können wir uns wohl sparen. Jedenfalls danke ich Ihnen, Mr. Holmes, denn mit Ihrer Hilfe ist es uns gelungen, das Übel bis zu seiner Wurzel zu verfolgen.«
»Nun«, antwortete Holmes, »genau betrachtet ist natürlich der Ausgangspunkt die späte Liebe des Professors. Er bildet sich nämlich ein, er müsse, um seiner jungen Frau zu genügen, wieder zum jungen Mann werden. Doch die Natur läßt sich nicht betrügen. Der

Mensch, der versucht, sich über sie zu erheben, wird zum Tier.«
Nachdenklich betrachtete er die Ampulle mit der farblosen Flüssigkeit in seiner Hand. Doch schnell wich der Träumer wieder dem Mann der Tat. Federnd erhob er sich aus seinem Stuhl: »Damit wäre wohl alles gesagt, Mr. Bennett. Alles fügt sich logisch aneinander. Der Hund spürte die Veränderung natürlich viel früher; er hat sie gewittert. Und er griff den Affen an, nicht den Professor, so wie es nicht der Professor war, sondern der Affe, der den Hund reizte. Klettern entspricht dem natürlichen Bewegungsdrang des Langur. Daß der Professor dabei vor das Fenster seiner Tochter geriet, war ein reiner Zufall. Wir nehmen den ersten Zug nach London, Watson. Aber vorher bleibt uns gerade noch genügend Zeit für einen Tee im ›Chequers‹.«

Sherlock Holmes

Ihm entgeht nichts. Der größte aller Detektive erkennt in den kleinsten Indizien den roten Faden, der zum Täter führt.

Wunschzettel Am besten gleich ankreuzen, was Dir noch fehlt!

- ☐ Sherlock Holmes/Sein erster Fall
- ☐ Sherlock Holmes/Das gelbe Gesicht
- ☒ Sherlock Holmes/Das Heilige Schwert
- ☐ Sherlock Holmes/Das Tal der Angst
- ☒ Sherlock Holmes/Das Zeichen der Vier
- ☒ Sherlock Holmes/Der Goldene Vogel
- ☒ Sherlock Holmes/Der Hund von Baskerville
- ☐ Sherlock Holmes/Der Vampir
- ☐ Sherlock Holmes/Die Teufelskralle
- ☒ Sherlock Holmes/Späte Rache

- ☒ Sherlock Holmes/Spuren im Moor
- ☒ Sherlock Holmes/Die vertauschte Queen

Den/die angekreuzten Titel wünsche ich mir

- ☒ zum Geburtstag
- ☐ zum Namenstag
- ☒ zu Weihnachten
- ☐ zu Ostern
- ☐ _____

(bitte Name und Anschrift eintragen)

Spiel-Spannung für Leute mit Spürsinn:
Sherlock Holmes Criminal-Cabinet

Mit diesem spannenden, reizvollen Spiel kannst Du rätselhafte und erregende Ereignisse im London des Sherlock Holmes selbst erleben! Du wirst über ein Verbrechen unterrichtet, das Du aufklären sollst. Du selbst entscheidest dabei, welchen Spuren Du nachgehst und im London des 19. Jahrhunderts verfolgst. Dabei verhörst Du Verdächtige, durchstöberst das Zeitungsarchiv nach Hinweisen, suchst Orte auf, die mit dem Fall in Beziehung stehen, sammelst dort Informationen und fügst so Beweis an Beweis, bis die Lösung des Falls gefunden ist. Ein Spiel, das Deinen Einfallsreichtum und Spürsinn herausfordert; bei dem Du Deine Findigkeit mit derjenigen Deiner Mitspieler und der des Meisterdetektivs selbst messen kannst und – das riesigen Spaß macht! Ab 12 Jahren! Für einen bis sechs Spieler.

Bestell-Nr. 3-440-05446-2

Im Spielwaren- und Hobby-Fachhandel und in den Fachabteilungen der Warenhäuser erhältlich!
Sofort spielbar – ohne komplizierte Regeln!

FRANCKH
KOSMOS
Verlagsgruppe

In Deiner Fach/Buchhandlung!

Lieblingsbücher für Krimifans

Die drei ??? und...
- ☐ das Aztekenschwert
- ☐ das Bergmonster
- ☐ das Gespensterschloß
- ☐ das Narbengesicht
- ☐ das Riff der Haie
- ☐ der Ameisenmensch
- ☐ der Doppelgänger
- ☐ der Fluch des Rubins
- ☐ der grüne Geist
- ☐ der Höhlenmensch
- ☐ der Karpatenhund
- ☐ der lachende Schatten
- ☐ der magische Kreis
- ☐ der Phantomsee
- ☐ der rasende Löwe
- ☐ der Rote Pirat
- ☐ der seltsame Wecker
- ☐ der sprechende Totenkopf
- ☐ der Super-Papagei
- ☐ der Super-Wal
- ☐ der Tanzende Teufel
- ☐ der Teufelsberg
- ☐ der unheimliche Drache
- ☐ der verschwundene Schatz
- ☐ der Zauberspiegel
- ☐ die bedrohte Ranch
- ☐ die flammende Spur
- ☐ die flüsternde Mumie
- ☐ die gefährliche Erbschaft
- ☐ die Geisterinsel
- ☐ die rätselhaften Bilder
- ☐ die schwarze Katze
- ☐ die Silbermine
- ☐ die silberne Spinne
- ☐ die singende Schlange
- ☐ Die drei ??? verraten Tips und Tricks
- ☐ Die drei ??? und ihr Rätsel-Handbuch

Den/die angekreuzten Titel wünsche ich mir
- ☐ zum Geburtstag
- ☐ zum Namenstag
- ☐ zu Weihnachten
- ☐ zu Ostern
- ☐ _____

(bitte Name und Anschrift eintragen)

Mit Justus, Bob und Peter...

Meisterdetektiv/Die drei ??? und ihr Tatortkoffer

Wollt Ihr selbst einmal Detektiv sein? Dieser Koffer enthält das gesamte Material, das ein Meisterdetektiv für seine erfolgreiche Arbeit braucht: Phantombilder, Fingerabdruckfarbe, Detektivausweis, Karteiblätter, eine echte Kamera, einen ausführlichen Detektiv-Ratgeber u.v.m. Die Profi-Ausrüstung mit Riesenspaß! Für Jungen und Mädchen ab 8 Jahren. Best.-Nr. 63 1111

Im Spielwaren- und Hobby-Fachhandel erhältlich!

...dem Täter auf der Spur!

FRANCKH
KOSMOS
Verlagsgruppe